Bella Sara

9

Coral und die magische Perle

Aus dem Englischen von
Pia Jüngert

cbj AVANTI

cbj avanti ist ein Kinderbuchverlag
in der Verlagsgruppe Random House

MIX
Papier aus verantwortungsvollen Quellen
FSC® C014496
FSC
www.fsc.org

Verlagsgruppe Random House FSC-DEU-0100
Das für dieses Buch verwendete FSC®-zertifizierte Papier
München Super Extra liefert Arctic Paper Mochenwangen GmbH.

Gesetzt nach den Regeln der Rechtschreibreform

1. Auflage 2011

Geschrieben von Felicity Brown
Die englische Originalausgabe erschien 2009 unter dem Titel
»Coral an the Pearl Diver« bei HarperCollins Children's Books, London.
Cover- und Innenillustrationen von Jennifer Meyer

Aus dem Englischen von Pia Jüngert
Umschlaggestaltung: basic-book-design, Karl Müller-Bussdorf
cl · Herstellung: UK
Satz und Reproduktion: Uhl + Massopust, Aalen
Druck: GGP Media GmbH, Pößneck
ISBN 978-3-570-17050-2
Printed in Germany

www.cbj-avanti.de

KAPITEL 1

Die zwölfjährige Miki Vann liebte alles an ihrer Heimat, der Tropeninsel Awdi Salaca. Doch am meisten schwärmte sie für die Herde quirliger grüner Unterwasserpferde, die sich in der Nähe des Bahura-Riffs im Meer tummelten.

Nachdem sie den ganzen Tag mit ihrer Familie vergeblich nach Lunaperlen getaucht war, vertrieb sich Miki mit den anderen Kindern von der Insel in der späten Nachmittagssonne die Zeit. Heute Abend würden sie das größte Fest des Jahres begehen und alle fieberten dem Ereignis ungeduldig entgegen.

Miki saß neben Lealoni, ihrer besten Freundin, auf dem Silberfelsen, einem riesigen Felsvorsprung, der hoch über dem Meer thronte.

Der Silberfelsen war der beste Aussichtspunkt, um die zauberhaften Unterwasserpferde bei ihrem Spiel in der Brandung zu beobachten. Zu schade, dass die Pferde so menschenscheu waren … Miki wünschte sich sehr, einmal mit ihnen zu spielen, um sie besser kennenlernen zu können.

Lealoni zeigte plötzlich aufgeregt auf eines der Unterwasserpferde. »Da ist wieder das rote!«, quietschte sie. »Ich hab dir doch gesagt, dass ich es heute Morgen schon entdeckt habe. Da ist es! Siehst du es?«

»Ja, ich sehe es«, antwortete Miki und musste wegen der überschießenden Begeisterung ihrer Freundin lächeln. Lealoni war erst acht Jahre alt und einige der älteren Kinder zogen Miki auf, weil sie mit einem Mädchen befreundet war, das jünger war als sie. Doch Miki mochte Lealonis übersprudelndes Temperament.

Miki und Lealoni beobachteten, wie das rote Fohlen mit einem atemberaubenden Sprung die Wasseroberfläche durchbrach. Das Unterwasserpferd wirbelte in einem Salto durch die Luft, bevor es wieder sanft ins Meer eintauchte. Als erfahrene Taucherin bewunderte Miki das Geschick des Fohlens sehr.

Lealoni seufzte glücklich, während sie mit der winzigen Lunaperle spielte, die sie an ihrem Halsband trug. »Ich wette, ich könnte genauso einen Salto schlagen wie das Fohlen, wenn ich von hier oben ins Wasser springen würde«, überlegte sie laut.

»Träum schön weiter!«, sagte plötzlich eine Stimme. Miki drehte sich um und sah, dass Shad hinter ihnen stand, der von einer Gruppe jüngerer Jungs umringt war. Shad war 15 Jahre alt und sah athletisch und zäh aus, doch Miki kannte ihn schon von Kindesbeinen an und wusste, dass er in Wirklichkeit netter war, als er auf den ersten Blick wirkte.

»Du kleine Krabbe! Du würdest wie eine Qualle zwischen den Felsen zerquetscht werden«, verspottete Shad die kleine Lealoni. Die Jungs um ihn herum lachten zustimmend.

Miki blitzte Shad an. »Und du bist auch nur eine Riesen-Krabbe«, fauchte sie. »Aus dieser Höhe kannst nicht einmal du springen.«

»Aber du!«, konterte Shad. »Los, zeig's uns, ich fordere dich hiermit heraus!«

Miki überlegte, ob sie das Risiko eingehen sollte. Sie hatte etwas Angst, obwohl sie wusste, dass sie eine gute Taucherin war. Aber der Silberfelsen war der höchste Punkt an der Küste von Awdi Salaca und ein Sprung aus dieser Höhe war nicht ungefährlich.

»Natürlich kann Miki von hier oben ins Meer springen!«, piepste Lealoni. »Sie ist die beste Taucherin auf der ganzen Insel!«

Miki warf Lealoni einen gequälten Blick zu. Es war toll, dass ihre Freundin zu ihr hielt, doch damit würde Miki erst recht wie ein Feigling dastehen, wenn sie die Herausforderung nicht annahm.

»Dann soll sie es uns beweisen«, sagte Shad und blickte Miki direkt in die Augen.

Miki holte tief Luft und stand auf. »Kein Problem«, entgegnete sie.

Lealoni und die Jungs jubelten ihr zu, als Miki vorsichtig an den Abgrund herantrat und auf die donnernde türkisgrüne Brandung tief unter sich starrte. Zum Glück hatte sie keine Höhenangst. In der Bucht unter dem Silberfelsen war das Meer sehr tief, deshalb bestand bei diesem Sprung keine Gefahr, dass sie mit dem Kopf auf dem Meeresgrund aufschlug und sich verletzte. Sie hatte schon viele Erwachsene beobachtet, wie sie sich mit kunstvollen Saltos von den Klippen ins Meer stürzten. Trotzdem – aus dieser Höhe zu springen, bedeutete, dass sie hart auf dem Wasser aufkommen würde. Sie würde ihre ganze Körperbeherrschung brauchen, um mit möglichst geringem Widerstand in die Wellen einzutauchen.

Um sich zu entspannen, ließ Miki ihren Blick über das Meer und die atemberaubende Landschaft von Awdi Salaca schweifen. Die Insel war ein tropisches Paradies und ähnelte in ihrer Form einem Schmetterling, weil eine Bucht die Nord- und Südhälfte der Insel zweiteilte.

Die Klippen an der Küste wechselten sich mit leicht ins Meer abfallenden blassrosa oder schwarzen Sandstränden ab. Hohe, einzelne Felsformationen, die Brandungspfeiler genannt wurden, ragten aus den Wellen auf.

Auf Awdi Salaca gab es große Wälder aus blau schimmernden Palmen und verflochtenen Schlingpflanzen, die übersät waren mit riesigen roten und gelben Blumen. Und sogar Wasserfälle gab es dort.

Im Inselinneren erhob sich majestätisch der

Mount Salaca über die ganze Schönheit der Natur. Aus der erstarrten Lava dieses Vulkans, der immer noch aktiv war und aus dessen Krater gerade einmal wieder Rauch aufstieg, war die Insel einst entstanden.

Miki konzentrierte sich auf ihren Sprung und fixierte mit ihrem Blick die Stelle auf dem Wasser, die sie treffen wollte. In ihrem Magen rumorte es vor Angst, aber dann schoss Miki das rote Wasserfohlen durch den Kopf. Das Pferd bewegte sich anmutig vor ihrem inneren Auge und dieses Bild gab Miki den Mut, abzuspringen.

Sie stieß sich vom Silberfelsen ab. Einen Moment lang fühlte sie sich, als ob sie bewegungslos in der Luft schwebte wie ein geflügeltes Pferd. Doch dann zog die Schwerkraft sie dem Meer entgegen. Ihre langen Haare flatterten im tosenden Wind, während sie auf das Wasser zuraste.

Da zog Miki ihre Beine an und schlug einen perfekten Salto. Sie streckte ihren Körper wieder und drehte sich wie die Windungen einer Muschel um die eigene Achse. Bevor sie auf das Wasser auftraf, spannte sie ihren Rücken und vergewisserte sich, dass ihre Beine senkrecht nach oben zeigten und ihre Hände sich seitlich vor ihrem Kopf spreizten.

Ihre Fingerspitzen durchbrachen die harte Wasseroberfläche und Miki tauchte glatt ein – sie wusste, dass es kaum gespritzt hatte. Sie blieb unter Wasser und genoss das aufregende Kribbeln, das ihren ganzen Körper erzittern ließ. Ein Sprung aus dieser Höhe war berauschend!

Jetzt erst spürte sie den brennenden Schmerz an ihren Händen, ihren Armen und Füßen, wo sie die ganze Wucht des Wassers getroffen hatte. Sie setzte sich auf den Meeresboden und ließ ihre schmerzende Haut abkühlen. Miki konnte sehr lange die Luft anhalten. Das hatte sie schon früh durch das Perlentauchen gelernt. Und zum ersten Mal getaucht war sie schon lange bevor sie richtig laufen konnte. Wie immer erfüllte sie die Stille unter Wasser mit tiefem Frieden.

Pfeilschnell schossen quirlige bunte Fische an ihr vorbei, die sich ihren Weg durch die verflochtenen Meeresalgen bahnten, die an den Flanken des Riffs wuchsen. Ein seltener Glimmeraal mit gelb und blau schimmernden Schuppen und farbenprächtigen Flossen, den Miki noch nie zuvor gesehen hatte, schlängelte um einen versunkenen Felsbrocken. Als ein Seestern ihn streifte, fuhr ein Zucken durch seinen langen Körper. Die Berührung hatte einen Stromschlag ausgelöst. Miki verfolgte die leuchtende Spur des Fisches, als er sich in die schwankenden Schatten des Bahura-Riffs davonmachte, wo ein weiteres traumhaftes Land voller magischer Unterwasserwunder auf ihn wartete.

Allmählich ging Miki die Luft aus. Ihr Brustkorb zog sich bereits zusammen. Sie blickte nach oben zur Wasseroberfläche und machte sich bereit, sich vom Grund abzustoßen und wieder aufzutauchen.

Genau in diesem Augenblick schwamm das rote Unterwasserpferd in ihr Sichtfeld.

Miki und das Unterwasserpferd verharrten regungslos und musterten sich neugierig.

Nun konnte Miki sehen, dass das Fohlen gar nicht wirklich rot war – es hatte dunkelrosa Schuppen mit scharlachroten und weißen Strähnchen. Die Farbe ähnelte vielmehr dem wunderbaren Glanz der Feuerkorallen, die am Bahura-

Riff wuchsen. Sein Kopf ähnelte dem eines edlen Landpferdes, doch seine lange rote, dicke Mähne glich seidig schimmernden Meeresalgen. Die Vorderbeine des Fohlens waren muskulös und von den Knien bis zu den Fesseln mit einer feinen Schwimmhaut überzogen. Statt eines Schweifes endete sein glänzender Körper in einer breiten Schwanzflosse.

Die Nüstern des Unterwasserpferdes weiteten sich und Luftblasen stiegen auf, als es leise wieherte. Es schien genauso interessiert, Miki zu beobachten, wie Miki von ihm fasziniert war.

Mikis Herz schlug schneller, als das Unterwasserpferd auf sie zuschwamm. Sie selbst ließ sich sanft treiben. Sie wollte das Fohlen so gerne berühren, sobald es nah genug herangeschwommen war.

Das Unterwasserpferd hatte die schönsten dunklen Augen, die Miki je gesehen hatte, und sie musste lächeln, als das Fohlen ihr mit seinen langen Wimpern zuzwinkerte.

Miki hob langsam ihre Hand, um die Nase des Unterwasserpferdes zu streicheln, die sich erstaunlich warm, weich und glatt anfühlte. Mikis

J.L.MEYER

Herz klopfte wild, weil sie von ihrer Zuneigung für das wunderschöne Fohlen so überwältigt war. Und mit einem Mal verschwand der Schmerz in ihren Lungen, die eigentlich dringend Sauerstoff benötigt hätten …

Platsch! Etwas Schweres landete neben ihr und dem Fohlen im Wasser. Das Fohlen scheute und schwamm schnell davon.

Miki machte ein Paar strampelnde Jungenbeine aus. Shad! Er war, Füße voraus, an ihr vorbei ins Wasser gesprungen.

Shad sah aus wie eine Qualle. Weil er nicht so gut tauchen konnte, war er mit den Beinen voraus vom Silberfelsen gesprungen. Sein Bauch und seine Beine waren dort, wo sie aufs Wasser getroffen waren, feuerrot.

Das Fohlen warf Miki einen letzten Blick zu, bevor es verschwand. Noch bevor Shads Luftblasen sich aufgelöst hatten, war es bereits hinter dem Riff abgetaucht.

Jetzt merkte Miki, dass ihr wirklich bald die Luft ausging. Sie schlug mit den Beinen und schoss an die Wasseroberfläche. Oben schnappte sie nach Luft. Die unerwartete Begegnung mit dem Unterwasserpferd war so aufregend gewesen, dass sie vor Freunde laut lachen musste.

Als Shad schließlich neben ihr auftauchte, spritzte sie ihn mit einer Ladung Wasser voll. »Du weißt doch, dass du immer warten sollst, bis der Taucher vor dir aus dem Wasser ist, bevor du selbst springst!«, schimpfte sie.

Shad grinste nur von einem Ohr zum anderen. Sein erster großer Sprung hatte ihn völlig überwältigt.

Seufzend schüttelte Miki den Kopf und schwamm dann neben Shad auf das Ufer zu.

Das Wasser wechselte die Farbe, als sie den Strand erreichten, und reflektierte den pastellfarbenen Sonnenuntergang in einem wunderbaren Korallenrot – der Farbe des Unterwasserpferdes.

Mikis Beine zitterten, als sie aus dem Wasser zum Strand watete. Zuerst dachte sie, es sei nur die Aufregung nach ihrem erfolgreichen Sprung, oder der Rausch, weil sie dem atemberaubend schönen Unterwasserpferd begegnet war.

Aber nein – es war Mount Salaca, der gerade erwachte.

Im Zentrum der Insel grollte der Vulkan noch einmal und spie dunkle Rauchschwaden in den rosafarbenen Abendhimmel.

KAPITEL 2

Später verabschiedete sich Miki am Fuße des Hanges, der zum Silberfelsen hinaufführte, von Lealoni. Sie wohnten an unterschiedlichen Enden der Insel. Miki lebte auf der Windseite von Awdi Salaca, die viel mehr Regen abbekam als der trockene Westen. Der gewaltige Vulkan hinderte die Sturmwolken daran, von Ost nach West zu ziehen.

Das Rumoren von Mount Salaca wurde stärker. Miki spurtete auf einem feuchten Pfad durch den Regenwald, bis sie endlich ihr Elternhaus erreichte. Das Holzhäuschen, das ihr Vater gebaut hatte, stand auf Pfählen, da der Boden feucht und sumpfig war.

»Du bist spät dran!«, rief Mikis Mutter schimpfend, als sie ihre Tochter die Treppe vor dem Haus hinaufrennen hörte. »Zieh dich schnell um!«

Miki beeilte sich, aus ihrem Sarong, einem einfachen Rock, in das traditionelle Gewand Mu'umu'u zu schlüpfen, das mit hübschen blauen Blumen verziert war und das alle jungen Frauen am Vulkanfeuerfest trugen. Dieses Fest wurde anlässlich des alljährlichen Vulkanausbruches zu Beginn des Frühlings gefeiert. Jedes Jahr begingen die Inselbewohner ein aufwändiges Ritual als Zeichen ihrer Hoffnung auf ein möglichst fruchtbares Seeleben im Riff. Denn die Menschen auf Awdi Salaca lebten vom Fischfang und anderen Meeresfrüchten.

Als Miki sich umgezogen hatte, rief sie nach ihrer Mutter. »Hilfst du mir mit den Haaren?«, fragte sie.

»Eines Tages wirst du das für deine eigene Tochter tun«, sagte ihre Mutter, als sie kunstvoll Teeblätter und korallenrote Perlen in Mikis Haar flocht.

»Wo ist Vegar?«, fragte Miki. Im Haus war es ungewöhnlich still.

»Er ist schon vorgegangen«, antwortete Mikis

Mutter mit einem Hauch von Stolz in der Stimme. Mikis Bruder, Vegar, war als Lichtträger für das Ritual auserwählt worden. Das galt als große Ehre. »Und dein Vater ist am Strand und bereitet seine Ausstellung vor.«

Miki spürte, wie der Fußboden des Hauses von den Eruptionen des Vulkans bebte. Sie zappelte aufgeregt herum, während sie von ihrer Mutter frisiert wurde, und konnte es kaum erwarten, auf das Fest zu kommen. Es war eine faszinierende Veranstaltung, bei der unter dem kosmischen Lichtermeer, dem Auroborus, ausgelassen gefeiert, getanzt und gesungen wurde. Doch Mikis liebster Moment war das Wettrennen der sogenannten Lavapferde. Spät in der Nacht jagten die Lavapferde aus dem Schlot des Vulkans heraus und galoppierten über den Strand ins Meer. Ihre Aufgabe war es, die hell leuchtenden Feuerspups anzulocken. Jedes Jahr schwammen diese zauberhaften Fische zum Bahura-Riff und sorgten dafür, dass die Insel erblühte.

Seit Miki denken konnte, lebten die Feuerspups im Meer vor Awdi Salaca, doch im vergangenen Jahr waren es auffallend wenige gewesen, die sich im Riff tummelten, und die Beute der Männer beim Fischfang war geringer ausgefallen als in den Jahren zuvor. Deshalb war es an diesem Abend besonders wichtig, dass die Lavapferde möglichst viele Feuerspups ins Riff lockten, um Awdi Salaca zu altem Wohlstand zu verhelfen.

Die Sonne war bereits untergegangen, als Miki und ihre Mutter auf dem Festplatz ankamen. Zwei Monde, ein riesiger Ringplanet und die Lichter des Auroborus schimmerten schon längst am Firmament.

Lealoni traf Miki am Durchgang zwischen den Dünen, der zum Sonnenstrand hinunterführte. Fackeln erhellten den Weg und das Ufer. Der Sonnenstrand war durch zwei hohe Klippen geschützt, die wie gigantische Zacken auf jeder Seite der Bucht aufragten.

Mikis Mutter begrüßte Lealonis Eltern und ging dann weiter, um ihre Freunde zu suchen. »Richte deinem Vater einen Gruß von mir aus«, bat sie Miki. »Und sei pünktlich zum Ritual an unserem Treffpunkt bei den Vier Palmen.«

Sobald die Erwachsenen gegangen waren, drehten sich Miki und Lealoni lachend einander zu und stießen einen Schrei der Begeisterung aus.

»Lass uns die Perlenausstellung anschauen«, schlug Lealoni vor. »Oder den Wettbewerb der Speerfischer. Oder das Klippenklettern. Oder das Tintenfisch-Ringen. Es gibt so viele tolle Dinge, die wir heute Abend machen können!«

»Zuerst brauch ich aber was zum Essen«, stöhnte Miki.

Lealoni nickte und schnupperte genießerisch, als die verlockendsten Düfte über den Strand zogen. Die beiden Mädchen schlenderten zu den Fressbuden und Feuerstellen und probierten gebackenen Fisch mit Zimtstangen, gebratene Krabbenfleischspieße im Teigmantel und Leckereien aus dem süßen Saft eines Bergbusches.

Als die Mädchen sich satt gegessen hatten, liefen sie über den Strand. Er war voller Menschen, die sich alle das Spektakel nicht entgehen lassen wollten. Miki wollte ihren Vater besuchen, der hier seine Sammlung von Lunaperlen ausstellte. Mikis Familie entstammte einer langen Reihe berühmter Perlentaucher. Jede Taucherfamilie hatte auf dem Fest einen Stand aufgebaut, um die schönsten Perlen ihrer Ahnen und die besten Funde des letzten Jahres auszustellen. Die mittelgroßen und kleinen Perlen wurden überall im Land des Hohen Nordens verkauft, doch die größten wurden als wertvolles Erbstück in der Familie von Generation zu Generation weitergegeben.

Am Stand ihres Vater erschrak Miki, denn ihr fiel zum ersten Mal auf, dass die Lunaperlen in den vergangenen Jahren immer kleiner geworden waren. Die größte Perle aus diesem Jahr war gerade einmal halb so groß wie eine Perle, die zwanzig Jahre alt war, und diese war auch nur noch halb so groß wie eine Perle, die noch einmal zehn Jahre älter war.

»Warum werden die Perlen denn jedes Jahr kleiner?«, fragte Miki ihren Vater. Mr Vann versuchte zu lächeln, doch er sah besorgt aus. »Heute Nacht kommen die Feuerspups«, sagte er betont locker, »und die werden diese faulen Muscheln schon dazu bewegen, wieder größere Perlen zu schaffen, oder was meinst du?«

Miki lachte, obwohl er ihrer Frage ausgewichen war. Sie hoffte, dass ihr Vater recht behielt. Sie selbst hatte im vergangenen Jahr nur vier kleine

Perlen gefunden. Das war ihre schlechteste Ausbeute, seit sie mit dem Tauchen begonnen hatte. Miki wusste, dass das Geld, das sie mit dem Verkauf der Perlen verdienten, in diesem Jahr kaum zum Leben für ihre Familie reichte. »Vielleicht entsteht ja in einer der Muscheln ein neues Herz des Meeres«, sagte sie und lachte.

Mr Vann schüttelte den Kopf. »Das Herz des Meeres gibt es nur einmal«, widersprach er feierlich. »Unsere Vorfahren schenkten es einst den Unterwasserpferden, um Himmlische Tiefe, wie ihr Königreich im Meer heißt, zu retten.«

Miki lächelte ihren Vater an. Er wusste, dass die Geschichte vom Herz des Meeres ihre Lieblingslegende war.

Der Strand bebte unter Mikis Füßen, als der Mount Salaca erneut grollte. Der Rauch, der aus dem Schlot des Vulkanes aufstieg, wurde immer dunkler und dichter. Die Inselbewohner jubelten und über den Strand erklang wundervolle Musik.

Lealoni ergriff Mikis Hand und zog sie zu den tanzenden Inselbewohnern hinüber, um sie zu beobachten. Menschen jeden Alters tummelten sich am Strand und tanzten im Rhythmus der Musik.

Shad, die zehnjährigen Zwillingsjungen Kei und Wilai und Peloni, ein Mädchen in Mikis Alter, umzingelten Miki und Lealoni und schoben sie in die tanzende Menge.

»Schon erholt von deinem Bauchklatscher?«, neckte Miki Shad, während sie neben ihm tanzte.

Shad wurde bei ihrer Bemerkung ganz rot. »Es hat gar nicht wehgetan«, widersprach er, doch dann musste er lachen. »Okay, mein Bauch brennt immer noch ein bisschen.«

»Meine Hände auch«, gab Miki zu. »Ich kann nicht glauben, dass ich heute vom Silberfelsen gesprungen bin!«

»Und ich kann es nicht glauben, dass ich gesprungen bin!«, sagte Shad.

Dann wurde Mikis Lieblingslied gespielt und sie ließ sich nur noch von der Melodie treiben, die die Musiker auf ihren Muscheln, Schilfflöten und großen Fasstrommeln spielten. Die Erschütterungen des Vulkans spürte sie nun immer häufiger unter ihren Füßen.

Als das Lied zu Ende war, wurde die ausgelassene Menschenmenge plötzlich ganz still. Die Lichtträger kamen an den Flanken der Klippen entlanggelaufen und trugen feierlich ihre Fackeln über Wege, die extra für diesen Tag angelegt worden waren. Die Trommeln schlugen im Gleichklang und die Erschütterungen des Vulkans nahmen zu. Miki bekam eine Gänsehaut, als der Mount Salaca eine gewaltige Rauchwolke ausstieß.

Schon seit Jahrhunderten brach der Vulkan wie ein Uhrwerk jedes Jahr am gleichen Tag aus und die Lavapferde entsprangen dem brodelnden Krater, um ins Meer zu galoppieren.

Wie verabredet hatten sich Miki und Lealoni zu ihren Eltern gesellt, die an den Vier Palmen in der Mitte des Strandes beieinanderstanden.

»Da ist Vegar«, flüsterte Mikis Mutter und zeigte mit ihrem Kopf zu den Fackelträgern an der Klippe zu ihrer Rechten. Miki hatte ihren älteren Bruder schon entdeckt und die Ehre, die ihm zuteil geworden war, gab ihr einen Stich ins Herz. Sie war eifersüchtig auf Vegar, denn sie konnte doch genauso gut tauchen wie er! Irgendwann würde sie bestimmt auch eine Lichtträgerin sein.

Der Vulkan rumorte bedrohlich und alles auf der Insel verstummte. Gebannt sah Miki, wie alle anderen Insulaner auch, zum Gipfel des Mount Salaca auf. In diesem Moment stieß der Vulkan eine gewaltige, feurige Welle aus leuchtend orangerotem Magma und Rauch aus.

Die Inselbewohner begannen, eine wortlose Melodie zu singen, die eigens für dieses Fest komponiert worden war. Miki stimmte in den Part der Frauenstimme ein und gab einen hohen Heulton von sich, der wie ein Freudenschrei und Schreckensruf zugleich klang. Dabei fassten sich alle Inselbewohner an den Händen. Miki griff nach der schwieligen Hand ihres Vaters und der zitternden, weichen Hand von Lealoni.

Miki spürte, wie Lealoni zusammenzuckte, als zwei gleißend helle Meteore aus dem Vulkanschlot schossen, in den Himmel aufstiegen und einen Lavaschweif nach sich zogen. Miki hoffte inständig, dass die Lavapferde direkt über ihren Kopf fliegen würden, damit sie sie in all ihrer Pracht bewundern könnte. Die zwei Meteore kreisten einmal um den Vulkan und rasten dann nebeneinander über den vernebelten Himmel.

»Awdi!«, sangen die Insulaner. »Salaca!« Sie riefen die Lavapferde bei ihrem Namen und beschworen sie, zum Bahura-Riff zu fliegen. »Awdi! Salaca! *Awdi, Salaca*!«

Dann verwandelten sich die Meteore und aus ihnen stiegen die Lavapferde. Sie flogen so tief, dass Miki Awdis Körper aus flüssigem Feuer genau erkennen konnte. Gleißend hell hob er sich gegen die sternenklare Nacht ab. Und sie sah die langen, schlanken Beine seiner Gefährtin Salaca, die durch den Rauch galoppierte.

Miki und alle anderen Insulaner wandten sich wieder den Lichtträgern zu, die nun nacheinander von den hohen Klippen hinab in die Brandung sprangen. Ihre Fackeln, die beim Absprung in der Luft zu schweben schienen, markierten den Weg, dem die Lavapferde zum Riff folgen sollten.

Sekunden nachdem die Lichtträger ins Meer eingetaucht waren, landeten auch die Lavapferde im Wasser, das durch die Glut des Feuers zischend spritzte. Die Lichtträger ließen ihre Fackeln los, damit sie bis auf den Meeresgrund sinken konnten, wo sie noch einmal hell aufleuchteten. Durch das besondere Pech, aus denen sie hergestellt wurden, brannten sie auch unter Wasser noch ein paar Minuten weiter.

Das Wasser zwischen Strand und Riff begann zu brodeln. An der Oberfläche bildete sich heißer, sprudelnder Schaum, der plötzlich wieder zu einer spiegelglatten Fläche abflaute. Das Meer leuchtete schillernd blau und grün auf, als die gewaltige Hitze der Lavapferde das phosphoreszierende Plankton aktivierte, das um die Insel herum im Wasser trieb.

Mikis Vater drückte die Hand seiner Tochter, bis die Insulaner erneut verstummten und voller Hoffnung mit ihren Augen den Ozean absuchten.

Das leuchtende Plankton sollte die Feuerspups aus ihren verborgenen Lavatunneln unter dem Meeresboden nach oben ins Riff locken, wo sie sich hoffentlich auch im kommenden Jahr zahlreich tummelten.

Schweigend warteten alle auf ein Zeichen der Feuerspups.

»Da drüben!«, rief Lealoni und zeigte auf das Wasser.

Miki verrenkte sich, um zu sehen, was ihre Freundin entdeckt hatte. Dann sah sie, wie sich die Wellen über dem Riff rot-orange verfärbten.

Das war das Zeichen, dass die Feuerspups gerade aus den Tiefen des Meeres aufstiegen.

Mikis Vater stieß einen Seufzer der Erleichterung aus, während sich das Wasser in immer dunklerem Rot färbte und breite Streifen orangefarben schimmernden Lichts über die Wellen zogen. Die Inselbewohner jubelten, als die Feuerspups über das Riff ausschwärmten und das Meer in eine Art glühenden Hexenkessel verwandelten.

Begeistert klatschte Miki in die Hände, weil die Feuerspups zurückgekehrt waren. Das letzte Jahr war so schlecht für die Fischer gewesen, dass alle Inselbewohner von der mageren Ausbeute betroffen gewesen waren. Die zahlreichen Feuerspups im Riff würden Awdi Salaca ein glückliches und erfolgreiches Jahr bescheren …

Doch plötzlich erlosch die orangerote Glut.

Besorgt raunte die Menschenmenge auf.

Aufgeregt liefen die Insulaner am Strand herum, als das Meeresleuchten immer fahler und dunkler wurde. Die Feuerspups kehrten in ihre Lavatunnel zurück.

Das kann nicht wahr sein, dachte Miki und presste vor Schreck ihre Hand auf den Mund. *Die*

Feuerspups müssen im Riff bleiben! Sie müssen einfach.

Doch einen Augenblick später spiegelte sich im Ozean nur noch der fahle Schein der kosmischen Lichter des Nachthimmels.

KAPITEL 3

Bestürzt verfolgten die Menschen die unerwartete Wendung der Ereignisse und raunten sich verängstigt zu. Hier und dort war ein Schluchzen zu hören und einige umarmten sich tröstend, bevor sie sich schließlich mutlos und mit schleppenden Schritten auf den Heimweg machten.

Mikis Vater ließ die Hand seiner Tochter los, um ihre Mutter zu trösten. Gemeinsam gingen die drei langsam zurück nach Hause in den Regenwald. Mikis Vater machte sich auf dem ganzen Heimweg Sorgen über die Zukunft von Awdi Salaca.

Wenn im Riff keine Fische mehr zu fangen waren, würde das Essen knapp werden. Die heimischen Früchte und Gemüse würden nicht ausreichen, um alle Inselbewohner sattzubekommen. Mr Vann erklärte, dass sie nichts hatten, um Nahrungsmittel von anderen Inseln oder dem Festland zu kaufen, weil es kaum noch Lunaperlen gab, die sie verkaufen konnten. Den Menschen von Awdi Salaca stand eine große Hungersnot bevor.

Aufgebracht und enttäuscht ließ Miki sich ins Bett fallen, sobald sie zu Hause angekommen waren. Sie wälzte sich einige Zeit schlaflos in ihrer Hängematte hin und her und lauschte den flüsternden, ängstlichen Stimmen ihrer Eltern, die aus dem Zimmer nebenan zu ihr herüberdrangen.

Miki schoss auf, als Vegar die Veranda-Treppen hinaufstapfte. »Wir haben alles richtig gemacht«, platzte es wütend aus ihm heraus. »Wir haben die Tradition befolgt! Warum haben die Feuerspups uns im Stich gelassen?«

»Beruhige dich«, sagte Mr Vann. »Es ist nicht unsere Aufgabe, zu hinterfragen, weshalb die Natur sich verändert. Wir müssen an den Traditionen festhalten und abwarten, bis alles wieder normal wird.«

Miki hörte ihren Bruder laut aufstöhnen. Er war verzweifelt. »Einfach abwarten, während wir alle verhungern?«

»Seid still, alle beide«, zischte Mikis Mutter. »Heute Nacht können wir sowieso nichts mehr ändern. Wir sind alle aufgeregt und sollten jetzt erst einmal schlafen gehen. Wir überlegen uns etwas, wenn morgen ein neuer Tag anbricht.«

Miki wälzte sich noch lange hin und her und fragte sich, wie sie helfen könnte. Dann schlief sie endlich ein.

Am nächsten Morgen traf sich Miki mit den anderen Inselkindern am Sonnenstrand, wo sie ihre täglichen Pflichten erledigten. Ihre Aufgabe bestand in der Reinigung und Reparatur der Fangnetze und Muscheleimer. Miki saß auf einem Stück Treibholz zwischen Lealoni und Shad und begann, Rankenfußkrebse von einem der Eimer zu kratzen. Es fühlte sich so sinnlos an, alles für den Fischfang vorzubereiten, wenn es keine Fische gab.

»Wir brauchen mehr Lunaperlen«, jammerte Peloni. Sie band ihr langes blondes Haar mit einem bunten Tuch zurück. »Ich verstehe einfach nicht, warum die Feuerspups nicht geblieben sind.«

»Ich glaube, dass das Riff stirbt. Das sagt jedenfalls mein Vater«, antwortete Shad.

Miki wollte schon protestieren, doch plötzlich kam ihr etwas anderes in den Sinn. »Erinnert ihr euch, wie das Riff früher immer leuchtete?«, fragte sie. »Das ganze Riff war dann so hell wie der Vollmond, wenn ich nachts mit meinen Eltern Perlen tauchen war.« Sie schluckte bei dem Gedanken an glücklichere Zeiten. »Aber jetzt ist das Riff ganz fahl.«

»Meine Mutter sagt, dass etwas die Feuerspups …«, begann Kei.

»… verscheucht hat«, fuhr Wilai fort. Die Zwillinge hatten die Angewohnheit, gegenseitig die Sätze des anderen zu vervollständigen.

»Aber was könnte das sein?«, fragte Lealoni. Sie schüttelte das kleine Netz aus, das sie gerade entwirrte.

»Es sind die Zitterhaie, glaube ich«, antwortete Shad. »Sie kommen jetzt sogar bis in die Bucht. Ich habe gestern beim Silberfelsen ein paar Rückenflossen gesehen.«

Die Kinder erschauderten bei dem Gedanken. Es gab nichts, was sie mehr fürchteten als Zitterhaie. Sobald man sie berührte, versetzten sie ihrem Gegenüber einen heftigen Stromschlag, der furchtbar schmerzte.

»Wir müssen etwas tun, um unseren Familien zu helfen«, sagte Miki. »Wenigstens so lange, bis die Fische wiederkommen.«

»Was sollen wir denn machen?«, rief Peloni. »Wir können die Fische nicht zurückholen!«

»Nein«, antwortete Miki. »Aber wir können nach Perlen tauchen. Wenn wir genug Perlen zusammenbekommen, können wir auf den Nachbarinseln Lebensmittel kaufen.«

»Ich werde dir helfen!«, bot Lealoni eifrig an. Sie spielte an der kleinen Perle, die an ihrer Halskette hing. »Die habe ich letzten Sommer gefunden.«

»Diese Perle ist winzig«, spottete Peloni. »Von diesem Staubkorn können wir nicht einmal ein Brot kaufen.«

»Aber ich habe sie gefunden«, beharrte Lealoni und beschäftigte sich weiter mit den Knoten in ihrem Netz.

Da kam Miki eine Idee, doch sie schien selbst ihr etwas zu verrückt zu sein. »Wir könnten zum Schicksalseck hinausschwimmen«, schlug sie vor. »Niemand ist in den letzten Jahren dort tauchen gegangen.«

»Schicksalseck!«, schrie Peloni. »Hast du einen Sonnenstich? Es gibt einen guten Grund, warum diese Stelle Schicksalseck heißt. Ohne mich!«

»Ich denke, auf dich können wir überhaupt nicht zählen«, entgegnete Kei schlagfertig. »Du machst nie einen Vorschlag …«

»… sondern beschwerst dich nur und schimpfst die ganze Zeit«, vervollständigte Wilai.

»Es gibt sehr viele Zitterhaie am Schicksalseck«, gab Shad Miki zu bedenken. »Und die Strömung ist wirklich stark dort … wir würden ins offene Meer hinausgezogen. Wir können dort nicht tauchen.«

Miki seufzte. »Ich weiß«, sagte sie. »Aber mir fällt nichts Besseres ein. Es gibt hier keine großen Muscheln mehr. Nur noch kleine Babymuscheln am Strand – die können noch keine Perlen bilden. Das Schicksalseck ist die einzige Stelle, wo wir noch nicht gesucht haben.«

»Also machen wir es?«, fragte Lealoni.

Peloni stöhnte verzweifelt auf. »Schlagt euch das Schicksalseck aus dem Kopf!«, rief sie. »Das ist einfach viel zu gefährlich.«

Vor ihren Freunden ließ Miki das Thema erst einmal auf sich beruhen, doch in Gedanken beschäftigte es sie noch weiter.

In dieser Nacht hatte sie einen wunderbaren Traum. Sie schwamm durch ein riesiges paradiesisches Königreich tief unter dem Meeresspiegel. Sie glitt an hoch aufragenden Korallenkathedralen und Steindenkmälern vorbei, die von Fischen in jeder nur vorstellbaren Farbe umkreist wurden. Dann erschien plötzlich das korallenrote Unterwasserpferd an ihrer Seite und schwamm neben ihr her. Es führte Miki zu einer wunderschönen Muschel … und darin, das wusste Miki sofort, verbarg sich eine goldene Perle. Sie glänzte durch einen Spalt in der Muschelschale hindurch.

Am anderen Morgen wachte Miki schon früh auf und fühlte sich durch den verheißungsvollen Traum wie neugeboren. Sie entschied, sich hinauszuschleichen und nach Perlen zu tauchen – am Schicksalseck! Es gab eine Regel, dass Taucher nicht alleine losziehen durften, doch Miki wollte ihre Freunde nicht in Gefahr bringen. Sie schüttelte sich bei dem Gedanken, was der kleinen Lealoni am Schicksalseck vielleicht zustoßen könnte. Nein, dieses Abenteuer musste sie alleine wagen!

Miki paddelte in ihrem Kanu um die Insel, bis sie das Schicksalseck erreichte. Es war eine schmale Landzunge – sozusagen der Schwanz des Schmetterlings Awdi Salaca –, an der das Wasser zwischen Riff und Insel ins offene Meer strömte.

Die Morgensonne stand noch auf der anderen Seite der Insel und der Mount Salaca strahlte in ihrem zauberhaften Licht. Miki steuerte ihr Kanu in die starke Strömung vor der Landzunge und paddelte auf einen hohen Brandungspfeiler zu, der aus dem Meer ragte. Sie hatte sich das wertvolle Seil aus Fäden der Seidenspinnen ihres Vaters genommen. Es wurde in der Familie Vann seit Generationen weitergegeben. Ganz ausgerollt war das Tau fast hundertmal so lang wie Miki groß war. Sie befestigte ein Ende des aufgewickelten Seiles an einem massiven Felsvorsprung, der aus dem Brandungspfeiler herausragte, und das andere knotete sie um ihre Taille. Wenn die Strömung zu stark wäre, könnte sie sich daran zurückziehen. Die Seidenspinnenseide war unglaublich stabil und konnte mühelos ihr Gewicht halten.

Dann stellte Miki einen Muscheleimer in ein Gezeitenbecken auf dem Brandungspfeiler. Selbst wenn sie keine Perlen finden sollte, gab es keinen Grund, das schmackhafte Muschelfleisch wegzuwerfen.

Miki wusste, dass es ziemlich unwahrscheinlich war, die goldene Perle aus ihrem Traum zu finden, doch eine große Lunaperle wäre Belohnung genug.

Schließlich holte sie tief Luft und tauchte in die Strömung ein. Sie war eine ausgezeichnete Schwimmerin – sogar Shad und Vegar hatten Mühe, mit ihr mitzuhalten –, doch die Strömung war wirklich beängstigend stark.

Das Seil wird mich auf jeden Fall halten, beruhigte sich Miki selbst. Es war dünn, aber robust. *Mir wird bestimmt nichts passieren.*

Sie tauchte immer tiefer durch das aufgewühlte Wasser bis zum Grund des Bahura-Riffs. Das Riff lag nur etwa sechs Meter vom Brandungspfeiler

entfernt, doch der Weg zum Boden des Riffs war weit und dunkel. Eine Gruppe Flosslinge, seltsame, dicke Meerestiere mit großen Augen, leuchteten Miki mit ihren Lichtfühlern, die auf ihrem Kopf saßen, den Weg. Die Seeanemonen zogen verängstigt ihre Köpfe zwischen die Riffspalten zurück, als sich Miki ihnen näherte.

In der Nähe des Riffs bot das dichte Korallennetz Miki Schutz vor der Strömung. Sie war erleichtert, dass sie nicht gegen den starken Sog ankämpfen musste, der drohte, sie ins offene Meer zu ziehen.

Miki achtete darauf, nicht an die spitzen, scharfen Korallen zu stoßen, als sie begann, nach den Muscheln zu suchen. Auf Anhieb entdeckte sie eine Lunamuschel vor sich und zwei weitere ganz in der Nähe. In Miki keimte Hoffnung auf, dass ihre Suche am Schicksalseck also keine so schlechte Idee gewesen war.

Nachdem sie die große Lunamuschel aus ihrem Bett geschält hatte, knackte Miki die Schale mit einem Messer. Sofort leuchtete ihr eine glänzende Lunaperle entgegen! Vorsichtig nahm Miki die Perle aus der Muschel. Sie war groß, perfekt geformt und glänzte hell in ihrer Hand. Miki lächelte überglücklich, als sie ihren Fund betrachtete.

Sie steckte die kostbare Perle in einen kleinen Beutel, den sie an ihrer Taille trug, nahm die Muschel in die Hand und schwamm an die Wasseroberfläche. Es war immer besser, auf Nummer sicher zu gehen und nicht zu lange unter Wasser zu bleiben. Wenn man in Panik geriet, weil die Luft knapp wurde, konnte man durch zu rasches Auftauchen die lebensgefährliche Taucherkrankheit riskieren. Miki steckte ihren Kopf aus dem Wasser, schnappte nach Luft und zog sich an ihrem Seil zurück zum Brandungspfeiler.

Sie legte die Muschel in den Eimer und bereitete sich auf den nächsten Tauchgang vor. Beim zweiten Mal war der Weg zum Meeresgrund viel anstrengender. Die Strömung war stärker geworden und Miki brauchte länger, um das Riff zu erreichen. Und noch etwas hatte sich verändert. Plötzlich war es hier unten völlig finster. Wohin waren nur die Flosslinge verschwunden?

Miki war nervös, als sie zu der Stelle schwamm, an der sie vorhin die zweite Muschel gesichtet hatte. Gerade als sie nach ihr griff, tauchte ein dunkler Schatten über ihr auf. Mit einem gewaltigen Ruck an dem Seil wurde Miki nach oben gerissen.

Ein riesiger Zitterhai hatte sich mit seiner Schwanzflosse in ihrem Seil verfangen.

Mikis ganzer Körper bebte vor Angst. Silberfarbene Lichtstreifen wanderten über die Flanken des Hais, sodass es aussah, als ob er zitterte. Diese flackernden Lichter blitzten nur auf, wenn die Haie aufgebracht waren oder eine Beute im Visier hatten. Das wusste Miki.

Der Hai zerrte an dem Seil und Miki wurde wie eine Stoffpuppe herumgewirbelt. Dann nagte er mit seinen scharfen Zähnen daran, aber es gelang ihm nicht, es durchzubeißen. Und auch Miki hatte sich vor ihrem Tauchgang vergewissert, dass sie selbst auch ganz sicher daran festgebunden war!

Jetzt aber tastete sie verzweifelt an dem Knoten, den sie um ihre Taille geknüpft hatte. Er würde sich so schnell nicht lösen lassen. Vergeblich versuchte Miki das Tau abzumachen, doch es entglitt ihr durch die panischen Bewegungen des Hais immer wieder. Bald würde ihr die Luft ausgehen.

Plötzlich zog der Zitterhai das Seil mit einem

gewaltigen Ruck auf den offenen Ozean hinaus. Das Tau spannte sich und zog Miki mit, bis sie weder das Riff noch den Brandungspfeiler in den Tiefen des dunklen Wassers ausmachen konnte. Dann gab das Seil nach.

Dem Zitterhai war es doch noch gelungen, seine Schwanzflosse aus dem Tau zu lösen. Er schwamm zweimal im Kreis und kam dann auf Miki zu. Silberne Lichtstreifen blitzten an seinem Körper auf.

Miki starrte in seine leeren schwarzen Augen, als er direkt auf sie zuschwamm. Seinen furchterregenden Schlund hatte er weit geöffnet.

KAPITEL 4

Miki kniff ihre Augen zusammen und wartete auf das Ende. Doch nichts geschah.

Stattdessen spürte sie, wie sie plötzlich von einer heftigen Strömung erfasst wurde. Miki öffnete vorsichtig ihre Augen. Das Wasser um sie herum sprudelte plötzlich in allen Regenbogenfarben.

Der Zitterhai hatte von ihr abgelassen. Ihr Angreifer musste sich nun selbst verteidigen – gegen die Hufschläge eines Unterwasserpferdes. Das wunderschöne korallenrote Fohlen war ihr zu Hilfe gekommen!

Das Fohlen und der Zitterhai kämpften miteinander in einem gefährlichen Tanz. Das Unterwasserpferd war schneller und flinker und entging pfeilschnell den scharfen Zähnen des Hais. Mit einem seiner harten Vorderhufe traf das Fohlen den Hai direkt auf die Nase.

Mikis Lungen brannten – sie musste sofort auftauchen! Sie konnte die Luft zwar länger anhalten als die meisten anderen Menschen, doch jetzt ging auch ihr so langsam der Sauerstoff aus. Sie warf einen Blick nach oben. Doch sie konnte nicht einmal die Wasseroberfläche erkennen. Für einen Moment glaubte sie sogar, sie stünde auf dem Kopf. Sie hatte vollkommen die Orientierung verloren und Panik stieg in ihr auf.

Da schwamm schlängelnd ein blau-gelb schimmernder Glimmeraal auf Miki zu und schob die Spitze seiner Schwanzflosse in den Knoten, mit dem das Seil um Mikis Hüfte befestigt war. Sofort löste es sich. Dann wand sich der Glimmeraal mit seinem Körper um ihre Hand und zog sie mit überraschender Geschwindigkeit nach oben an die Wasseroberfläche.

Der Hai hatte Miki tief hinunter auf den Meeresgrund gezogen – tiefer als Miki jemals zuvor bei ihren Tauchgängen gewesen war. Sie war sich nicht sicher, ob sie ohne die Hilfe des geheimnisvollen Glimmeraals noch am Leben wäre.

Erleichtert holte Miki in tiefen Zügen Luft. Sie schmeckte unglaublich süß. Da tauchte das korallenrote Unterwasserpferd neben ihr auf und schwamm zu ihr herüber, um sie zu begrüßen.

Ihre Blicke trafen sich. Ein Bild erschien vor Mikis innerem Auge – sie saß auf dem Unterwasserpferd und hatte ihre Arme eng um seinen Hals geschlungen. Das Bild hatte ihr das Unterwasserpferd geschickt! Miki paddelte aufgeregt mit den Füßen, dann fasste sie sich ein Herz und legte ihre Arme um den Hals des Fohlens.

Sobald Miki fest auf seinem Rücken saß, begann das Fohlen mit seiner muskulösen Schwanzflosse zu schlagen und trug Miki sicher durch das aquamarinblaue Wasser. Nachdem sie das Riff weit hinter sich gelassen hatten und in Sicherheit waren, schnellte das Fohlen plötzlich aus dem Wasser. Mit Miki auf seinem Rücken schlug es einen Salto und tauchte dann wieder tief in den Ozean ein. Miki quiekte überrascht auf, aber schon beim zweiten Mal genoss sie das Gefühl, so durch die Luft zu wirbeln. Der leuchtende Glimmeraal tat es ihnen auf halber Höhe gleich. Nachdem sie eine Weile durchs Wasser getobt waren, schwamm das Fohlen wieder ruhig durch die Wellen. Miki schlang ihre Arme um den Hals ihres neuen Freundes.

»Danke!«, flüsterte sie ihm ins Ohr. »Du hast mich gerettet!«

Das Pferd antwortete mit einem sanften Wiehern. Ein weiteres Bild erschien in Mikis Gedanken – der Zitterhai schnappte erfolglos nach ihnen, während sie ihm entwischten. Sein Gesicht sah hier so dämlich aus, dass Miki laut lachen musste.

»Ich wusste nicht, dass Pferde sich mit Menschen … unterhalten können«, sagte sie verwundert und streichelte die weiche Mähne des Fohlens. »Ich vermute mal, dass es noch viele andere Dinge in eurer Welt gibt, von denen ich keine Ahnung habe.«

Das Fohlen nickte mit dem Kopf und wieherte zustimmend. Es sah Miki an und zwinkerte mit den Augen. Dabei schickte es Miki erneut ein Bild, auf dem Miki den gleichen dämlichen Gesichtsausdruck wie der Zitterhai hatte. Das Unterwasserpferd neckte sie doch tatsächlich!

»Hey«, protestierte Miki, doch als das Fohlen vor Vergnügen wieherte, musste sie auch schon wieder losprusten. Der Glimmeraal planschte neben ihnen im Wasser und freute sich offensichtlich ebenfalls über den Witz. Langsam merkte Miki, wie die Anspannung von ihr abfiel.

Den Rest des Tages ritt Miki auf dem korallenroten Pferd über das offene Meer. Es machte riesigen Spaß, auf dem Rücken des Fohlens über die gigantischen Wellen zu jagen und manchmal sogar mit gewagten Sprüngen durch die Luft zu fliegen.

Als das Fohlen vom Spielen müde wurde, tauchte es mit Miki tief unter die Wasseroberfläche und zeigte ihr die atemberaubend schöne Unterwasserwelt. Miki lernte, dass das Unterwasserpferd sowohl an der Luft als auch unter Wasser atmen konnte. Und überrascht merkte sie, dass sie ebenfalls unter Wasser atmen konnte – solange sie in direktem Kontakt mit dem Fohlen war. Außerdem verstand das Unterwasserpferd auch unter Wasser, was Miki sagte, obwohl aus Mikis Mund nur Blasen blubberten, was sich für sie selbst auch lustig anhörte.

In den Tiefen des Ozeans entdeckte Miki eine zauberhafte Welt, in der die wilden Unterwasserpferde unter freundlichen Yulung-Drachen lebten. Sie sah bunte Fischschwärme in allen erdenklichen Farben und riesige Tintenfische schossen an Miki vorbei und versprühten ihre rosafarbene Tinte. Gelbe Meeresalgen wuchsen wie lange Seidenbänder an brodelnden Vulkanschloten und prächtige Korallen wogten sanft in der Strömung hin und her. Miki war sich ganz sicher, dass sie diese Wunderwelt niemals in ihrem Leben vergessen würde.

Als die Sonne langsam unterging, brachte das Fohlen Miki zurück nach Awdi Salaca. Miki war sich sicher, dass sie nie wieder so glücklich sein würde wie in diesem Augenblick. »Das war der schönste Tag in meinem Leben! Aber ich kenne nicht einmal deinen Namen«, sagte Miki zu dem Unterwasserpferd.

Ein Bild des Bahura-Riffs erschien vor Mikis innerem Auge. Die roten Korallen leuchteten im sanften Licht des Sonnenuntergangs. Sie hatten die gleiche Farbe wie das Fohlen.

»Willst du mir damit sagen, dass du Coral heißt?«, fragte Miki.

Das Fohlen drehte den Kopf zu ihr um und

nickte. Dabei blinzelten seine langen Wimpern zustimmend.

Natürlich, dachte Miki. Es war der perfekte Name für ein so süßes Fohlenmädchen.

Nachdem Coral sich vergewissert hatte, dass keine Zitterhaie in der Nähe waren, ließ es Miki bei ihrem Kanu am Schicksalseck von seinem Rücken ins Wasser gleiten. Stürmisch schlang Miki die Arme um den starken Hals ihrer neuen Freundin.

»Bitte versprich mir, dass du mich wieder besuchen wirst«, bat Miki.

Coral wieherte laut und senkte ihren Kopf zustimmend auf und ab.

»Danke«, sagte Miki sanft. »Ich kann es kaum erwarten!«

KAPITEL 5

Als Miki ihren Eltern von den Erlebnissen dieses abenteuerlichen Tages erzählte, hörten sie verblüfft zu. Sie waren zwar glücklich, dass Miki eine so schöne Lunaperle gefunden hatte, doch gleichzeitig waren sie wütend, weil Miki heimlich und alleine am Schicksalseck tauchen gegangen war.

»Du weißt genau, dass du nicht ohne unsere Erlaubnis tauchen gehen darfst!«, wetterte Mr Vann. »Deine Mutter war den ganzen Tag krank vor Sorge. Du wirst das Haus nicht mehr verlassen, ohne uns zu sagen, wohin du gehst!«

»Es tut mir leid«, entschuldigte sich Miki aufrichtig. Sie hatte einfach nicht darüber nachgedacht, was ihr Abenteuer für ihre Familie bedeuten würde. »Ich verspreche, dass ich euch in Zukunft immer sagen werde, wohin ich gehe.«

Mr Vann setzte sich an den Tisch und betrachtete nachdenklich die Lunaperle in seiner Hand. Ihr schimmernder Glanz tauchte sein Gesicht in silberfarbenes Licht. »Wir leben in turbulenten Zeiten«, sagte er schließlich mit sanfterer Stimme. »Wir müssen zusammenhalten und uns gegenseitig vertrauen können.«

Mikis Mutter gab ihrer Tochter noch einen Kuss, bevor sie sie ins Bett schickte. »Schlaf gut, mein Liebes, und träume etwas Schönes.«

Am nächsten Morgen schlich Miki hinaus in die Bucht. Sie hoffte, Coral dort wiederzutreffen.

Doch das Fohlen war nicht da. Enttäuscht ließ sich Miki auf einem großen Felsen nieder und warf schlecht gelaunt Muscheln ins Wasser. Beinahe glaubte sie, sie hätte das gestrige Abenteuer nur geträumt. Die Perle, die sie gestern gefunden hatte, würde ihrer Familie zwar ein paar Wochen helfen, aber das war schon alles. Eigentlich war die Situation genauso trostlos wie gestern.

»Hey Miki!«, hörte sie plötzlich Lealonis Stimme

hinter sich. »Hilfst du uns beim Reinigen der Fangnetze?«

»Nein«, fuhr Miki ihre kleine Freundin an. »Ich weiß nicht, warum wir uns noch damit abplagen sollen! Niemand wird jemals wieder etwas mit den Netzen fangen! Die Fischerei macht doch gar keinen Sinn mehr – unsere einzige Hoffnung ist es, noch mehr Perlen zu finden.«

Lealoni war verletzt. »Na prima!«, maulte sie zurück. »Dann hilfst du uns eben nicht! Gib einfach die ganze Insel auf! Es ist ja nicht so, dass wir kein anderes Zuhause hätten!«

Lealoni hatte Tränen in den Augen, als sie sich umdrehte und wegrannte. Miki trat schuldbewusst gegen einen Sandhaufen. Sie wusste, dass sie gerade ungerecht gewesen war – es war nicht Lealonis Schuld, dass sie so durcheinander war.

Nachdem sie stundenlang einfach nur dagesessen und in den Wellen nach einem Zeichen von Coral gesucht hatte, stand Miki auf und wanderte ziellos am Strand entlang.

»Miki!«, rief plötzlich eine Stimme hinter ihr.

Wilai kam vom anderen Ende der Bucht auf sie zugerannt. »Hast du … Lealoni … gesehen?«, keuchte er ganz außer Atem. Ohne seinen Zwillingsbruder an seiner Seite wirkte er, als würde ein Teil von ihm fehlen. Das war wirklich merkwürdig.

»Bin ich denn etwa ihr Babysitter?«, fragte Miki gereizt. »Ich habe sie schon seit ein paar Stunden nicht mehr gesehen.«

»Niemand hat sie gesehen«, keuchte Wilai laut.

Erschrocken zuckte Miki zusammen. »Wie meinst du das?«, fragte sie. »Ist sie nicht bei euch aufgetaucht, um die Netze zu reinigen?«

»Nein«, erklärte Wilai. »Ihre Eltern kamen vorhin, um nach ihr zu sehen, aber sie war nicht da. Kei und Peloni suchen mit ihnen schon die ganze Insel nach ihr ab.«

»Wohin könnte sie gegangen sein?«, überlegte Miki. »Die Insel ist ja nicht besonders groß.«

»Ich weiß auch nicht«, antwortete Wilai. »Deshalb habe ich nach dir gesucht.«

»Oh nein«, flüsterte Miki. Ein schrecklicher Verdacht keimte in ihr auf. »Sie wollte unbedingt etwas Gutes für die Insel und uns alle tun … und ich habe ihr noch gesagt, dass die Fischerei vollkommen sinnlos ist und nichts bringt. Wenn sie jetzt auch …« Die Geschichte von Mikis Abenteuer und ihrem Perlenfund hatte sich bestimmt schon auf der ganzen Insel herumgesprochen.

Wilai schüttelte den Kopf. Er war es gewohnt, die Gedanken eines anderen zu vervollständigen. »Nein, sie wird bestimmt nicht zum Schicksalseck gegangen sein … oder etwa doch?«

Miki wurde das beunruhigende Gefühl nicht los, dass Lealoni sich genau dorthin aufgemacht hatte.

Sie rannte zu ihrem Kanu, das sie gestern am Strand gelassen hatte, doch es war nicht mehr da. *Lealoni hat es sich genommen!*, schoss es ihr durch den Kopf.

Sofort jagte Miki quer über die Insel durch den dichten Regenwald bis an die Küste zum Schicksalseck. »Lealoni!«, schrie sie, als sie die stürmische Landzunge erreichte. Sie kletterte über die Felsen, die den Weg zum Ufer säumten, und stolperte über den Strand.

Dann sah sie es: An dem Brandungspfeiler, der 30 Meter weiter im Meer aus dem Wasser ragte, klammerte sich Lealoni fest. Die brausenden Wogen krachten um sie herum zusammen und die zischende Gischt schoss sprühend in den Himmel. Das Kanu war bereits an den scharfen Felsen zerschellt.

Miki wurde ganz schlecht vor Angst um ihre Freundin. Ohne Boot gab es für Miki keine Möglichkeit, zu dem Brandungspfeiler zu gelangen. Lealoni würde jedoch jeden Augenblick von den tosenden Wellen ins Meer gerissen werden. Es sei denn –

»Coral, ich brauche deine Hilfe!«, schrie Miki in den Wind. »Bitte hilf mir!«

Einen bangen Moment lang suchte Miki das Wasser ab und sah nichts als die tosenden Wogen. Dann hörte sie etwas neben sich. Der glänzende Glimmeraal, Corals treuer Begleiter, schlängelte sich auf einem glatten Felsen und zischte laut. Coral tauchte durch die raue Brandung auf und ritt auf der trügerischen Strömung auf und ab.

»Oh, Coral, danke dass du gekommen bist!«, keuchte Miki. Sie sprang ins Wasser und klammerte sich an den Hals des Unterwasserfohlens. »Wir müssen Lealoni retten. Bitte beeil dich!«

Coral wieherte und trug Miki sicher über die Wellen vom Strand zum Brandungspfeiler. Lea-

loni schrie noch immer verzweifelt um Hilfe. Allmählich verließen sie ihre Kräfte und die tosenden Wellen warfen sie erbarmungslos immer wieder gegen den Felsen. Ihr Mund war weit aufgerissen vor Angst, als Miki und Coral sie endlich erreichten.

»Gib mir deine Hand«, gellte Miki und streckte sich ihrer Freundin entgegen. Lealonis Finger krallten sich um Mikis Hand und Miki zog das kleine Mädchen mit einem festen Ruck auf Corals Rücken.

Doch Lealoni war noch immer vollkommen verängstigt. »Passt auf, das Ungeheuer!«, rief sie voller Verzweiflung. »Es ist hier!«

KAPITEL 6

Im selben Moment schrie sie laut auf. Ein riesiger Tentakel tauchte aus dem Wasser auf und griff nach Coral. Panisch vor Angst riss Miki die Augen weit auf. Mit Miki und Lealoni auf dem Rücken tauchte Coral schnell unter die Wellen und entging durch eine geschickte Bewegung dem Fangarm. Doch es tauchten immer mehr Tentakel auf, die versuchten, das Unterwasserpferd und seine Reiterinnen zu fassen.

Lealoni krallte sich so sehr an Miki fest, dass es wehtat – doch die Kraft, die Lealoni noch besaß, zeigte Miki, dass ihre Freundin unverletzt war.

Miki sah, dass die Tentakel zu einem riesigen Kraken gehörten – er war größer als alles, dem sie je begegnet war. Er war ein grässliches Ungeheuer, das ihren schlimmsten Albträumen entsprungen schien. Er war etwa fünfmal so groß wie Coral und seine Fangarme waren mit kräftigen Saugnäpfen bestückt. Der Krake hatte eine dunkelorangefarbene lederne Haut und seine riesigen, wütenden Augen waren von Seepocken umgeben.

Coral trat wild um sich und traf das Ungeheuer mit ihrem Schweif genau ins Auge. Der Krake zuckte zusammen und blinzelte. Das Unterwasserpferd nutzte den Augenblick und schoss schnell an die Wasseroberfläche.

»Schneller, Coral!«, brüllte Miki, als sie auf dem Wasser schwammen. »Bring uns von hier weg!«

Coral jagte in einem unglaublichen Tempo durchs Meer. Nach ein paar Minuten hatte das Unterwasserpferd den furchterregenden Kraken hinter sich gelassen.

Nach den schrecklichen Begegnungen mit dem Zitterhai und dem Kraken konnte sich Miki nun vorstellen, was die Feuerspups vom Riff fernhielt – und die Fische von den Netzen der Inselfischer!

Coral brachte die beiden Mädchen sicher an

Awdi Salacas Fischerkai. Erleichtert ließen sich Miki und Lealoni ins warme Wasser gleiten und standen sich nun auf den abgewetzten Planken der Anlegestelle gegenüber.

»Was hast du dir eigentlich dabei gedacht?«, fragte Miki Lealoni aufgebracht. »Du hättest verletzt werden können, oder – oder – oder noch schlimmer!« Sie zitterte vor Wut. Doch dann zog sie Lealoni an sich und drückte sie erleichtert fest an sich.

Lealoni löste sich aus der Umklammerung und warf einen bewundernden Blick auf Coral, die am Kai auf- und abschwamm. »Coral ist unglaublich!«, jubelte Lealoni, sprang wieder ins Meer und umarmte das Unterwasserfohlen. »Danke, dass du Miki geholfen hast, mich zu retten.« Sie streichelte bewundernd Corals glatte Schuppen.

Miki musste lachen. »Ja, Coral ist wirklich das unglaublichste Pferd im ganzen Ozean.«

»Da sind sie!«, schrie Kei. Er war mit Shad am anderen Ende der kleinen Bucht aufgetaucht. Shad drehte sich um und rannte wieder landeinwärts, um wenige Augenblicke später mit Lealonis Eltern und allen Insulanern im Schlepptau zurückzukehren. Wilai hatte offensichtlich die ganze Insel alarmiert, als Miki auf der Suche nach Lealoni zum Schicksalseck geeilt war.

Lealonis Eltern nahmen ihre Tochter erleichtert in die Arme. Über ihre Gesichter rannen Tränen des Glücks, weil ihre Tochter heil zurück und in Sicherheit war.

»Sie haben mich gerettet!«, schluchzte Lealoni. »Miki und Coral. Sie haben mich vor dem Ungeheuer gerettet.«

Lealonis Vater zog die Augenbrauen hoch. »Von was für einem Ungeheuer spricht sie?«, fragte er Miki.

»Da draußen schwimmt der größte Krake herum, den ich je gesehen habe«, antwortete Miki und zitterte. »Er lebt hinter dem Riff. Seine Tentakel sind dicker als die größten Lianen unserer Insel. Dieses Ungeheuer würde den halben Sonnenstrand ausfüllen.«

Die Insulaner wurden mit einem Mal ganz still, doch dann kicherte Shad laut los und die anderen fielen in sein Gelächter ein.

»Das ist die Wahrheit!«, schrie Lealoni. Doch die anderen lachten nur noch lauter.

»Ein gigantischer Krake!«, rief ein älterer Inselbewohner belustigt. »Ich lebe seit fast 60 Jahren auf dieser Insel. So etwas Schreckliches lebt hier nicht im Meer.«

»Du klingst wie die alte Meerhexe Mesmeera«, sagte Lealonis Mutter. »Sie war berühmt für ihre verrückten Geschichten.«

»Ihr Mädchen habt euch die Geschichte wahrscheinlich nur ausgedacht, damit ihr keinen Ärger bekommt«, fügte Shads Vater hinzu.

»Nein!«, protestierte Miki.

»Wir haben das Ungeheuer gesehen!«, schrie Lealoni. »Es hätte mich fast gefressen!«

Doch die Inselkinder und einige der Erwachsenen beachteten die Mädchen nicht weiter und gingen zum Fischerkai, um sich Coral anzuschauen. Das Fohlen ruderte nervös zurück. Ihm war die ganze Aufmerksamkeit unheimlich.

»Können wir auf ihr reiten?«, fragte Peloni.

Als Miki sah, wie unruhig das Fohlen wurde, drängte sie sich durch die Menschenmenge nach vorne, sprang ins Wasser und kletterte auf den Rücken des Tieres. »Lass uns hier verschwinden«, drängte sie Coral.

Coral tauchte mit Miki tief unter Wasser und schwamm schnell auf den Horizont zu.

»Wie gemein«, sagte Miki zu Coral. »Sie glauben mir die Geschichte von dem Kraken nicht. Aber auf dir reiten wollen sie alle.« Sie streichelte Coral sanft, die daraufhin so etwas wie einen süßen kleinen Pfiff von sich gab.

Etwas von dem, was Lealonis Mutter gesagt hatte, ging Miki nicht mehr aus dem Kopf – der Name Mesmeera. Miki hatte schon früher von der alten Frau gehört, die inzwischen alleine in einer Hütte auf einer kleinen Insel vor der Südküste von Awdi Salaca lebte. Wenn diese Frau an Seeungeheuer glaubte, schenkte sie vielleicht auch Miki Glauben.

»Coral, bitte bring mich zu Mesmeera«, bat Miki.

Coral schwamm in die Richtung, in die Miki zeigte.

Als Coral Mesmeeras Insel erreichte, sah Miki eine alte Frau, die in einem Stuhl aus Bambusrohr auf einem winzigen Steg saß, der gefährlich nahe über dem Wasser schwebte. Mesmeera sah freundlich aus – mehr wie eine Mutter, nicht wie eine Hexe. Hinter ihr stand eine winzige Hütte, die zur Hälfte auf die schmale Sandbank eines Korallenriffs und zur anderen Hälfte auf den Steg gebaut war.

Mesmeera erhob sich, als Coral auf sie zuschwamm. Mit überraschender Kraft half Mesmeera Miki dabei, auf den Steg zu klettern.

»Hallo, meine Liebe. Was für ein wunderschönes Unterwasserpferd«, sagte Mesmeera und knickste formvollendet. »Womit habe ich die Ehre dieses königlichen Besuches auf meiner bescheidenen Insel verdient?«

»Königlich?«, fragte Miki verlegen. »Ich bin nur die Tochter eines Perlentauchers.«

»Nein, nicht du, meine Liebe«, erklärte Mesmeera mit einem breiten, zahnlosen Lächeln. »Ich meine dieses Juwel des Meeres.« Sie zeigte auf Coral, die mit einem Kopfnicken freundlich zurückgrüßte.

»Was meinst du mit ›königlich‹?«, fragte Miki.

Mesmeera rollte mit ihren Augen. »Weißt du denn nicht, auf wem du da reitest?«

Miki schüttelte den Kopf. »Auf meiner Freundin Coral?«

»Ich glaube, ihr offizieller Titel lautet *Coral, Lady der Islandar-Herde*. Sie ist eine der Herrscherinnen über die Equestrische See«, erzählte Mesmeera.

Miki blieb vor Staunen der Mund offen stehen. Sie hatte gewusst, dass Coral etwas ganz Besonderes war, doch nicht im Traum wäre sie darauf gekommen, dass das Fohlen königlicher Abstammung war! Sie warf einen Blick auf Coral, die freundlich mit ihrem edlen Kopf nickte und mit ihrem Fischschwanz ohne Unterlass im Wasser ruderte.

»Aber das ist noch nicht alles«, fügte Mesmeera hinzu und sah Miki mit einem seltsam neugierigen Blick an. »Es gibt da noch etwas, das du wissen solltest.«

»Wie meinst du das?«, wollte Miki wissen.

»Du bist nicht nur die Tochter eines einfachen Perlentauchers. Nein, keineswegs.« Mesmeera begutachtete Miki von Kopf bis Fuß, lief um sie herum und musterte sie sorgfältig. »Du hast eine besondere Bestimmung.«

Miki fühlte sich zunehmend unbehaglich bei Mesmeeras merkwürdigen Andeutungen. »Mein Name ist …«

»… Miki Vann«, ergänzte Mesmeera. »Ja, ich weiß.«

»W – woher?«, stammelte Miki.

»Ich bin eine Meerweise«, antwortete Mesmeera. »Ich habe es zu meiner Aufgabe gemacht, auf alles, was hier im Meer so passiert, ein Auge zu haben, und ich kenne auch alle Inselbewohner von Awdi Salaca. Einige auf deiner Insel nennen mich eine Hexe – aber das sind Dummköpfe. Oh, schau mal!«, rief die alte Frau plötzlich und fuhr herum. »Ein Glimmeraal!«

Der Glimmeraal, der Coral immer begleitete, war auf den Steg gesprungen und stibitzte gerade eine Weintraube aus Mesmeeras Obstschale. Auf frischer Tat ertappt, gab der Glimmeraal einen kurzen, lustig knacksenden Laut von sich, der wie eine Frage klang.

»Das ist schon in Ordnung«, antwortete Mesmeera. »Du kannst sie haben.«

Der Glimmeraal piepste wieder und verschlang schnell die köstliche Frucht.

»So, Miki, ich bin sicher, dass du Tausende von Fragen an mich hast«, fuhr Mesmeera fort.

Überrascht platzte es aus Miki heraus: »Ja.«

»Aber welche Frage willst du mir als erste stellen? Schnell, meine Liebe, überleg es dir gut.« Mesmeera schnippte mit den Fingern und ließ sich wieder in ihren Stuhl aus Bambusrohr fallen, der alt und schon ganz durchgesessen war. »Ich bin kein altes Orakel, das in Rätseln spricht. Ich nehme kein Blatt vor den Mund und sage, was ich denke. Das ist auch einer der Gründe, weshalb mich die Inselältesten nicht auf Awdi Salaca haben möchten. Scheint so, als wollten sie die Wahrheit nicht hören. Aber wenn *du* an der Wahrheit interessiert bist, dann frag frei heraus, Kind.«

»Warum sind die Feuerspups …«

»… nicht geblieben?«, beendete Mesmeera Mikis Satz. »Eine ausgezeichnete Frage. Warum haben sich die Feuerspups nicht am Riff niedergelassen? Nun, zum einen ist es so, dass das Riff stirbt …«

»Das hat Shad auch gesagt!«, warf Miki aufgeregt ein.

Die Augen der Alten verengten sich. Sie war offensichtlich verärgert, dass sie unterbrochen worden war. »Gut, dann weißt du also bereits, dass das Riff stirbt.« Mesmeera machte eine Pause, um sich eine Weintraube in den Mund zu stecken. »Aber ich wette, du weißt nicht, dass du schuld daran bist.«

KAPITEL 7

Ich bin schuld?«, fragte Miki geschockt. »Warum sollte ich daran schuld sein? Ich habe dem Riff nichts getan!«

Mesmeera warf Miki einen prüfenden Blick zu und zog ihre grauen Augenbrauen hoch. »Bist du eine Perlentaucherin?«

»Ja«, sagte Miki langsam. »Meine Familie taucht schon seit Generationen nach Perlen.«

»Dann bist du schuld«, erwiderte Mesmeera nachdrücklich. »Die Lunaperlen sind der Schlüssel zu deiner Frage. Hast du nicht bemerkt, wie dunkel der Ozean in der Nacht mittlerweile geworden ist? In vergangenen Zeiten leuchtete das Bahura-Riff jede Nacht strahlend hell, doch jetzt verkümmert sein Licht immer mehr.«

»Die Lunaperlen erleuchten das Riff?«, fragte Miki.

»Ganz genau.« Mesmeera bot dem Glimmeraal ein Stückchen Banane an. Er wand sich an ihrem Bein nach oben und rollte sich auf Mesmeeras Schoß zusammen, um den kleinen Imbiss genüsslich zu verschlingen. Miki war erstaunt, dass der Glimmeraal genau wie Coral an Land ebenso problemlos atmen konnte wie unter Wasser.

»Das Licht der Lunaperlen schützt das Riff und hält Raubfische fern«, erklärte Mesmeera.

Miki griff in das Säckchen an ihrer Taille und spürte die Wärme der Lunaperle, die sie heute Morgen erst gefunden hatte. Sie zog sie heraus und bewunderte ihren unglaublichen Glanz. Selbst im hellen Tageslicht funkelte die Perle strahlend. Plötzlich überkamen sie furchtbare Schuldgefühle – jetzt, wo sie wusste, dass sie dem Riff sein Leuchten gestohlen hatte.

»Ich … bin wirklich schuld daran«, murmelte sie, als sie begriff, was Mesmeeras Worte bedeuteten.

»Nun ja, zumindest teilweise«, tröstete sie Mesmeera. »*Alle* Perlentaucher, die Lunaperlen aus dem Riff nehmen, tragen Schuld daran. Ich habe schon vor Jahren versucht, das euren Inselältesten zu erklären, doch sie nannten mich eine verrückte alte Hexe. Nun leben Ungeheuer im Meer vor Awdi Salaca. Furchterregende Kreaturen, die entlang unserer Küsten lauern und die Fische vertreiben.«

»Hast du schon einmal etwas von dem Kraken gehört?«, fragte Miki. »Er hätte uns heute fast getötet.«

Coral nickte zustimmend mit ihrem Kopf.

»Uloo«, sagte Mesmeera flüsternd. »Er ist ein schreckliches Ungeheuer und viel älter als Mount Salaca. Jahrhundertelang schützten die Lunaperlen durch ihr Strahlen unsere Gewässer vor ihm und seinen Artgenossen, doch jetzt, wo es fast keine Perlen mehr gibt, ist Uloo zurückgekehrt.«

Miki bekam ganz weiche Knie. Diese Neuigkeiten waren viel schlimmer als alles, was sie sich bislang vorgestellt hatte.

»Die Feuerspups werden nicht zum Riff zurückkehren, solange Uloo und die Zitterhaie hier ihr Unwesen treiben«, stellte Mesmeera nüchtern fest. »Das Riff wird weiter sterben und die Fische,

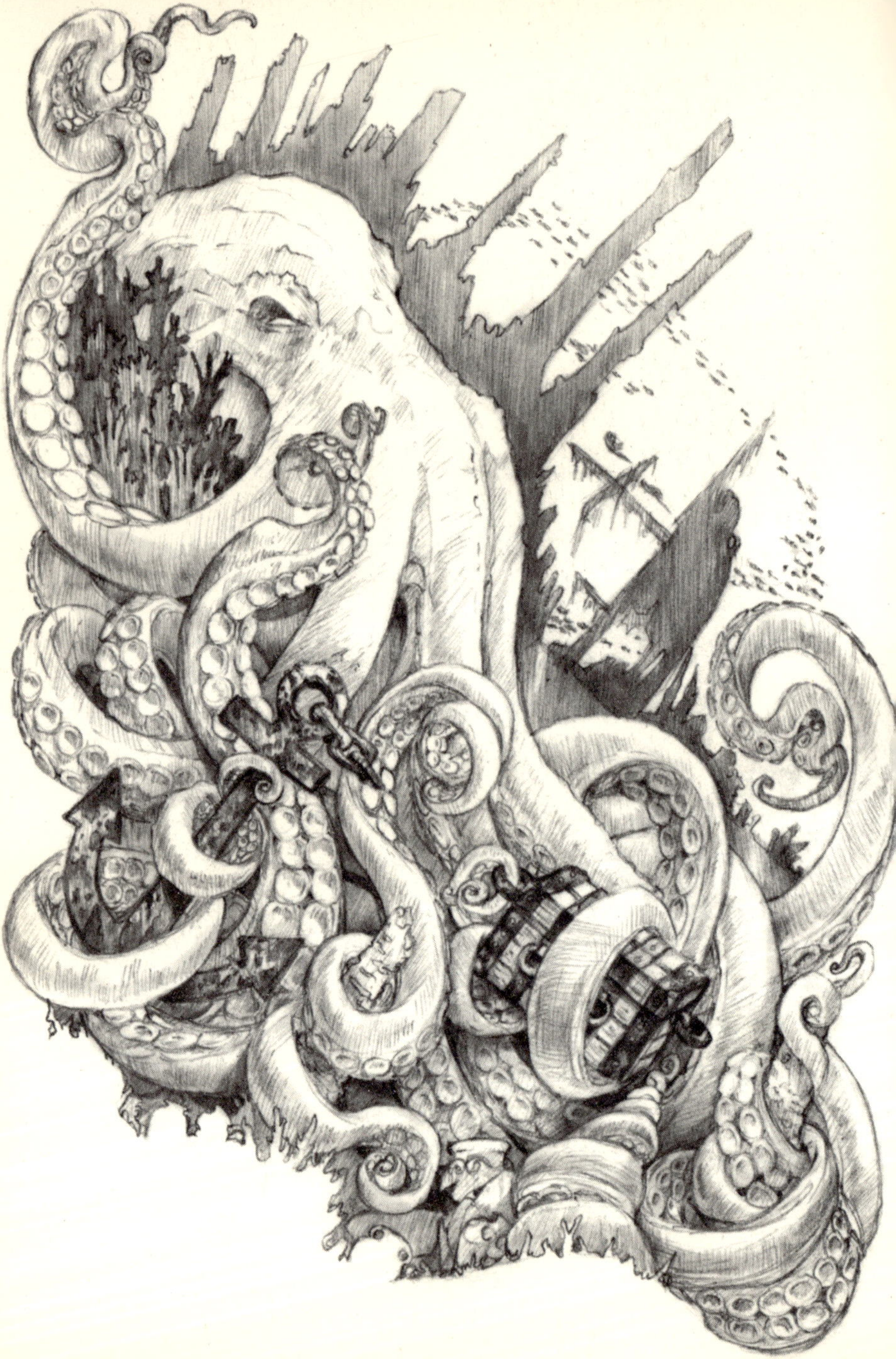

die dort leben, werden nach und nach verschwinden.«

»Was können wir dagegen tun?«, fragte Miki eindringlich. »Ich werde alles tun, was nötig ist!«

Mesmeera lächelte. »Uloo und die Haie müssen aus dem Riff vertrieben werden.«

Miki stieß ein hysterisches Lachen aus. »Oh, *das* ist alles?«

»Das ist alles«, antwortete Mesmeera ruhig. »Du wirst sehen, dass das Riff beinahe unverwüstlich ist. Wenn es bald wieder unter dem Schutz der Lunaperlen steht, wird es seine frühere, lebendige Pracht zurückerhalten.«

»Aber was kann ich tun?« Miki hoffte, dass Mesmeera eine Antwort darauf hatte … dass sie eine Aufgabe erwartete, die sie auch erfüllen konnte.

»Die Antwort ist schon die ganze Zeit in deiner Nähe«, antwortete Mesmeera und deutete auf das korallenrote Unterwasserpferd. »Warum glaubst du wohl, ist Coral hier, meine Liebe?«

Coral nickte aufgeregt mit dem Kopf und zeigte so, dass sie bereit war zu helfen.

»Coral?«, fragte Miki überrascht. »Ich weiß, sie ist königlicher Abstammung, aber sie wird wohl kaum gegen Uloo und die Haie kämpfen können. Jedenfalls nicht gegen alle auf einmal.«

Coral erhob sich aus dem Wasser, sprang auf den Steg und schüttelte ihre Mähne. Tausende von glitzernden Wassertropfen funkelten im Sonnenlicht und spritzten Miki und Mesmeera nass. Die hölzernen Planken knacksten unter Corals Gewicht. Das Unterwasserpferd trompetete und klang zutiefst beleidigt. Der Glimmeraal quiekte vor Angst, bevor er wie ein Pfeil zurück ins Wasser schoss.

»Unterschätze niemals die Pferde«, riet Mesmeera und sah zu dem Unterwasserpferd auf, das sich vor ihr erhoben hatte. »Sie sind großartige Wesen mit einer stolzen Geschichte. Schon oft haben sie den Menschen geholfen. Ich schlage vor, du entschuldigst dich … und zwar schnell, bevor wir noch mehr Wasser abbekommen.«

Miki schämte sich. »Es tut mir leid, dass ich an dir gezweifelt habe, Coral«, wandte sie sich schuldbewusst an ihre Freundin. Dann kitzelte es ganz merkwürdig in Mikis Kopf und das lebhafte Bild einer gigantischen Muschel ergriff von ihren Gedanken Besitz. In der riesigen Muschel lag die größte Lunaperle, die sie je gesehen hatte, und strahlte hell wie ein Stern am Nachthimmel.

Mesmeera lachte plötzlich wie ein aufgeregtes junges Mädchen. Entschuldigend sagte sie: »Ich lache nur so wegen der Bildbotschaft, die Coral uns gerade geschickt hat! Hast du die riesige Perle gesehen?«

»Ja, das hab ich«, antwortete Miki. »Was bedeutet das?«

»Coral kennt die Antwort auf deine Frage«, erklärte Mesmeera. »Die Pferde im Königreich Himmlische Tiefe bewachen eine große Lunaperle – das Herz des Meeres. Diese magische Perle kann das Bahura-Riff retten. Du musst sofort los …«

»Aber …«, unterbrach sie Miki, die sich bei dem Gedanken ganz benommen fühlte, »das Herz des Meeres ist doch nur ein Märchen, oder etwa nicht?«

Coral wieherte laut, um Mesmeeras Geschichte zu bestätigen.

Einen Moment lang schloss Miki die Augen. Plötzlich waren die sagenumwobenen Mächte aus den Legenden in ihr Leben getreten … eine magische Perle, ein grausamer Krake und ein königliches Unterwasserpferd. Noch nie war sie vor einer Herausforderung in ihrem Leben zurückgewichen.

Langsam sah Miki auf, direkt blickte sie in die Augen des königlichen Unterwasserpferdes. »Coral, kannst du mich zu dieser Perle bringen?«

Das Fohlen glitt ins Wasser zurück und schwamm genau neben den Steg, sodass Miki problemlos aufsteigen konnte.

»Es scheint, als hättest du deine Antwort gefunden«, stellte Mesmeera sanft fest. »Ich beneide dich, Miki Vann. Leider bin ich selbst schon zu alt für solche Abenteuer.«

»Danke, Mesmeera.« Miki gab der alten Frau einen Kuss auf die runzelige Wange. »Du wirst sehen. Wir werden das Riff retten. Ich werde die magische Perle finden und zurückbringen, so schnell ich kann.«

»Das weiß ich, Liebes«, sagte Mesmeera. »Doch bevor du aufbrichst, muss ich dich noch vor etwas anderem warnen: Das Herz des Meeres ist unvergleichlich. Es ähnelt nichts, was dir in deinem Leben bislang begegnet ist. Es wird von seiner Hüterin, einem Pferd namens Mahina, bewacht. Um diese Perle zu bekommen, benötigst du mehr als nur dein Tauchermesser. Du musst unbedingt an dich glauben und ehrlich gegenüber dir selbst und allen anderen sein. Die Hüterin der Muschel wird jeden Zweifel spüren.«

Miki nickte und sah Mesmeera fest in die Augen. »Würdest du mir noch einen Gefallen tun?«, fragte sie dann. »Würdest du meinen Eltern eine Nachricht zukommen lassen, damit sie wissen, was ich vorhabe und wie wichtig das ist? Sie werden sich ohnehin Sorgen machen, aber zumindest wissen sie dann, dass ich mit Coral unterwegs bin.«

»Sicher, es wäre mir eine Ehre«, antwortete Mesmeera. »Viel Glück, Miki Vann.«

KAPITEL 8

Mikis Finger zitterten vor Anspannung, als sie sich auf Corals Rücken schwang. Das Unterwasserpferd und Miki tauchten tief ins Meer und der Glimmeraal folgte ihnen. In seinem Maul steckten noch einige Trauben.

Miki konnte es immer noch nicht fassen, dass sie ihren Atem unter Wasser nicht anhalten musste, solange sie auf Coral ritt. Das war eine seltsame Erfahrung. Doch es war gut, dass sie nicht alle paar Minuten auftauchen mussten, damit Miki Luft holen konnte. Denn der Weg war viel weiter, als Miki gedacht hatte.

Am ersten Nachmittag trafen sie auf eine Delfinfamilie. Coral wollte mit den lustigen Meerestieren spielen und Miki quietschte vor Vergnügen, als Coral gleichzeitig mit den Delfinen aus dem Wasser sprang.

»Ich wette, du kannst genauso tolle Saltos machen!«, ermunterte Miki und Coral trompetete freudig. Das war eine Herausforderung, die dem Fohlen richtig Spaß machte. Die verspielten Delfine waren sehr wendig und lieferten sich mit Coral einen harten Wettkampf, wem die höheren Sprünge und gewagteren Saltos gelangen. Jedes Mal wenn einer der Delfine ein erstaunliches Kunststück vollführte, pfiffen und klickten die anderen begeistert.

Coral wieherte laut und schnellte mit einem gewaltigen Schlag ihrer Schwanzflosse hoch aus dem Wasser hinaus. Einen Augenblick lang schien sie am sonnenüberfluteten Himmel zu schweben, dann drehte sie sich langsam dreimal um ihre eigene Achse und tauchte ohne einen Spritzer ins Meer ein.

Als Coral wieder an die Oberfläche kam, jubelte Miki ihrer Freundin zu. Die Delfine klatschten mit ihren Schwanzflossen bewundernd auf die Wellen.

Doch sie mussten weiter. Ein langer Weg lag noch vor ihnen. Coral und Miki winkten den Delfinen noch einmal zu und setzen ihre Reise fort. Coral ließ sich dicht unterhalb der Wellen von der Strömung treiben. Nur gelegentlich tauchte sie auf, um sich umzuschauen. Das Fohlen suchte für die Nacht eine kleine Insel, damit Miki sich an Land ausruhen und frisches Wasser trinken konnte.

Die Reise machte Miki Spaß und Angst zugleich. Miki war noch nie so weit weg von zu Hause gewesen – und noch nie so lange von ihren Eltern getrennt. Bis heute hatte sie noch nicht einmal die Nacht auf einer der Nachbarinseln des Equestrischen Archipels verbracht! Und nun lag sie ganz allein am Strand einer verlassenen Insel, die sie nicht kannte. Sie grub sich eine Kuhle in den warmen Sand und blickte hinauf zu den Sternen, bis ihr vor Müdigkeit die Augen zufielen.

Am nächsten Morgen brachen sie bei Sonnenaufgang auf. Die Sonne verschwand hinter meterhohen dunklen Wolken und am Nachmittag brach plötzlich ein gewaltiger Sturm über sie herein. Coral musste ganz tief abtauchen, um den Turbulenzen zu entgehen, die den sturmgepeitschten Ozean aufwühlten. Sie tauchten die ganze Nacht lang in der Tiefe des Meeres und Miki schlief festgeklammert an Corals Hals.

Als sich der Sturm am nächsten Tag verzogen hatte, tauchte Coral endlich wieder auf. Ganz in der Nähe kreuzte ein wendiger Segelschoner, der auf die Küste des Landes des Hohen Nordens zusteuerte. Die Seeleute warfen Miki etwas zu essen hinunter – Brot, Käse und Salzfleisch. Erst jetzt merkte sie, wie hungrig sie war.

Als Miki an diesem Abend unter dem Sternenhimmel lag, fiel ihr Blick auf zwei geflügelte Pferde, die über ihr durch die Wolken flogen. In der untergehenden Sonne schimmerten ihre Flügel zart in dem rosaroten Licht. Es war das erste Mal, dass Miki geflügelte Pferde sah. Bevor sie Coral getroffen hatte, wäre sie vor Bewunderung für die schönen Tiere ganz aus dem Häuschen gewesen. Doch nach all den Aufregungen der letzten Tage und den vielen wundersamen Begegnungen kam ihr der Anblick der fliegenden Pferde gar nicht mehr merkwürdig vor.

Ihre Reise führte sie in den nächsten Tagen immer an der Küste entlang. Miki bestaunte von Corals Rücken aus die Schönheit des Landes des

Hohen Nordens. Es war viel größer und exotischer, als sie es sich vorgestellt hatte. Die Geschichten der Inselältesten konnten den wahren Zauber nicht wiedergeben.

Nach vier langen Tagen erreichten Coral und Miki endlich das Königreich Himmlische Tiefe. Aus der Ferne sah das Unterwasserreich wie ein riesiges Korallenriff aus. Doch als sie näher kamen, konnte Miki erkennen, dass Himmlische Tiefe eine große, wunderschöne Stadt war, die ganz aus Korallen, Seegras und anderen Meerespflanzen bestand. Sie war im Laufe der Jahrhunderte offensichtlich auf natürliche Weise gewachsen und nicht von Menschenhand gebaut worden. Hunderte von Vulkanschloten blubberten im Umkreis der Stadt und verströmten Wärme, Nahrung und sauerstoffreiches Wasser.

Um die Stadt herum tummelte sich eine erstaunliche Vielfalt an bunten Fischen und Meerestieren. Seeanemonen, Seefächer, Algen und ein dickes dunkelblaues Gras, das Süßwasser hieß, bedeckten den Meeresboden der Stadt und ihre Wege wie ein üppiger Rasen, der sanft in der der Strömung von Ebbe und Flut hin- und herschwebte. Miki beobachtete zauberhafte Tiere, die sie noch nie zuvor gesehen hatte – Kamele mit Flossen und winzige blaue Spinnen, die in Luftblasen durchs Wasser schwebten. Lunaperlen säumten die Wege, die sich durch die Stadt schlängelten, und tauchten alles in ein warmes Licht.

Miki war ganz gefangen von dem Reich Himmlische Tiefe, doch am meisten überraschte sie die große Zahl an Unterwasserpferden, die dort lebten. Sie versammelten sich vor den Unterwasserställen, trafen sich auf offenen Plätzen und jagten durch die Straßen. Coral trug Miki über Dämme und versunkene Stege und streifte mit ihr durch zahlreiche Gärten aus Seegras und Algenwäldern.

Schließlich erreichte Coral eine breite Allee, die zu dem herrlichen Schloss Islendar führte. Die leuchtenden Turmspitzen des Schlosses überragten die Stadt, von denen jede dem Horn eines riesigen Einhorns ähnelte. Als Miki ihren Blick an ihnen hochschweifen ließ, schien es so, als schwebten die Türme in den Wirbeln des Wassers, das sie umfloss.

Bewaffnete Unterwasserpferde kamen herbeigeschossen und flankierten Coral. Zwei Wächter

zeigten ihnen den Weg, als sie sich dem Schloss näherten. Trompetenfische bliesen in ihre Hörner, als Miki und Coral durch die funkelnden Tore auf einen sandigen Burghof geführt wurden.

Ein eingebildet wirkender Papageifisch, der eine Brille trug, stellte sich Coral in den Weg. »Lady Coral, wo wart Ihr nur so lange?«, krächzte er empört. Miki freute sich, dass sie den dicken Papageifisch verstehen konnte. Obwohl seine Stimme seltsam klang – kreischend und gurgelnd zugleich. »Ihr habt den ganzen Stundenplan durcheinandergebracht! Es wird Wochen harter Arbeit bedeuten, das wieder aufzuholen«, jammerte der Papageifisch.

Coral stellte sich auf ihre Schwanzflosse und jagte schließlich an ihm vorbei ins Schloss hinein. Es war das erste Mal, dass Miki ihre Freundin ängstlich erlebte. Im Labyrinth der Korridore, die sich durch das Schloss schlängelten, entkamen sie dem aufgebrachten Papageifisch schnell.

Dann standen Miki und Coral vor einer riesigen Tür, die sich von alleine öffnete und den Blick auf den gewaltigen Thronsaal des Schlosses freigab. In dem Gewölbesaal hatten sich unzählige

Würdenträger aus dem Reich der Wasserpferde und andere Meereslebewesen, die ihre Artgenossen bei Hofe vertraten, eingefunden. Ein Raunen ging durch die Reihen, als sich Miki und Coral dem Thronpodest in der Mitte des Raumes näherten.

Ein besonders schönes Wasserpferd schwebte in den sanften Wellen vor zwei erhöhten Podesten. Es blickte Miki durchdringend an und eine Reihe schnell vorbeiziehender Bilder flutete durch Mikis Kopf. Das ging so schnell, dass sie gar nicht verstehen konnte, was ihr das Pferd damit sagen wollte.

»Es tut mir leid«, sagte Miki. »Aber das habe ich nicht verstanden. Vielleicht könntet Ihr die Bilder etwas langsamer schicken?«

Das edle Unterwasserpferd stieß verzweifelt eine Reihe von Luftblasen aus. Dann schickte es Miki ein sehr deutliches Bild des Papageifisches.

In diesem Moment zischte der Papageifisch auch schon in den Thronsaal und schwamm direkt auf den Würdenträger zu. Er warf Coral einen kurzen Blick zu und wandte sich dann an Miki. »Mein Name ist Polyo«, sagte der Papageifisch mit seinem seltsamen gurgelnden Krächzen. »Ich bin der Königliche Herold der Islandar-Herde und werde für Minister Echevar übersetzen.«

Miki stieß einen Seufzer der Erleichterung aus. »Danke«, sagte sie.

Ein weiterer Schwall Bilder von Minister Echevar flutete durch Mikis Gehirn. Polyo wartete einen Moment und übersetzte dann. »Minister Echevar begrüßt die Rückkehr von Lady Coral«, sagte der Papageifisch. »Doch er versteht nicht, warum ein Mensch ohne Einladung Himmlische Tiefe aufsucht, erst recht so ein kleines Kind. Bitte trage dein Anliegen klar und zügig vor, damit wir beurteilen können, ob du es wert bist, hier vor uns zu stehen.«

Coral nickte sanft und ermunterte Miki damit, zu sprechen.

»Ehm, also gut«, antwortete Miki. Sie war sehr aufgeregt, weil sie vor dem gesamten Hofstaat sprechen musste. »Ich komme von der Insel Awdi Salaca«, sprudelte es aus ihr heraus. »Wir stecken in großen Schwierigkeiten. Ich bin gekommen, um euch um Hilfe zu bitten.«

Minister Echevar stieß wieder einen Schwall

Blubberblasen aus und schickte neue, flackernde Bilder.

»Und warum sollten wir das tun?«, übersetzte Polyo.

»Im Bahura-Riff gibt es kaum noch Lunaperlen«, erklärte Miki, »und Uloo hat das Riff erobert, ein gefährlicher Krake, der unsere Fische tötet. Überall haben sich Zitterhaie eingenistet und verjagen die Feuerspups.« Miki machte eine Pause. Jetzt kamen die ganzen Gefühle, die sie in den letzten Tagen durchlebt hatte, in ihr hoch und drohten sie zu überwältigen.

Coral wieherte laut, als wollte sie Mikis Worte bekräftigen.

Dieses Mal schickte Minister Echevar Miki ein Bild, das sie verstand – ein schönes Unterwasserpferd, das ihr den Rücken zudrehte.

»Was geht uns das an?«, übersetzte der Papageifisch.

Miki war entsetzt. »Aber das Riff stirbt!«

KAPITEL 9

Minister Echevar machte eine lange Pause und fuhr dann mit seiner Schwanzflosse durchs Wasser, bevor er antwortete.

»Das ist wirklich tragisch«, übersetzte Polyo. »Aber ihm hatte man berichtet, dass die Inselbewohner selbst Schuld daran haben. Sie haben bei ihren Tauchgängen zu viele Perlen aus dem Meer geholt, und jetzt, wo das schützende Licht erloschen ist, kommt ihr hierher und bittet um Hilfe.« Die Stimme des Herolds klang ernst. »Wie kann eure Achtlosigkeit unsere Sorge sein? Was denkst du denn, was wir tun könnten?«

Miki fühlte die Blicke aller Anwesenden auf sich gerichtet. Coral stupste mit ihrer Nase an Mikis Arm, damit sie fortfuhr.

»Eine alte Weise namens Mesmeera hat mir erzählt, dass ihr eine riesige Perle besitzt, die unser Riff schützen könnte, bis es sich wieder erholt hat«, sagte Miki zu Minister Echevar.

Überrascht richtete sich Minister Echevar auf und stieß ein lautes Wiehern aus. Er jagte einen sich überschlagenden Bilderschwall durch den ganzen Thronsaal.

Polyo schwamm wild im Kreis, bevor er übersetzte. »Sie meint das Herz des Meeres!«, rief er aus. »Liebes Mädchen, das Herz des Meeres ist ein heiliger Gegenstand. *Das* werden wir auf keinen Fall hergeben!«

»Bitte«, bettelte Miki. »Ihr müsst uns helfen!«

Empört schnaubte Minister Echevar erneut Luftblasen aus und wandte sich schroff von Miki ab.

»Müssen?«, übersetzte der Papageifisch. »Kind, wir haben dich höflich empfangen, weil du mit Lady Coral diesen Thronsaal betreten hast, doch wir unterliegen keinerlei Verpflichtung, dir zu helfen.«

Miki ballte ihre Hände zu Fäusten. Sie war verzweifelt und wütend zugleich. »*Unsere* Inselperlen erleuchten die Räume in diesem, eurem Schloss!«, entgegnete sie aufgebracht.

Minister Echevar warf Miki einen vernichtenden Blick zu.

»Das Licht unseres Herzens des Meeres wird niemals Himmlische Tiefe verlassen«, übersetzte Polyo.

Coral stieß einen trompetenartigen Laut aus, der so plötzlich und laut aus ihr herausplatzte, dass alle überrascht aufsahen. Miki musste sich gut festhalten, dass sie nicht von ihrem Rücken abgeworfen wurde, als Coral plötzlich auf das Podest sprang.

Coral schickte ebenfalls lebhafte Bilder durch den Saal. Sie erklärte den Ministern und anderen Würdenträgern, dass der König und die Königin von Himmlische Tiefe sie persönlich beauftragt hatten, herauszufinden, warum das Bahura-Riff so dunkel geworden war. Nun war sie zurückgekehrt und verlangte, dass der Hof ihre Ergebnisse beachtete. Miki war beeindruckt, wie viel einfacher es war, die Botschaft ihrer Freundin zu verstehen als die flirrenden Gedanken Echevars.

Der Minister wich, eingeschüchtert durch Corals Gefühlsausbruch, einen Schritt zurück. Doch schnell hatte er sich wieder unter Kontrolle und antwortete.

»Wir würdigen Lady Corals Beitrag zur Aufklärung dieses Vorfalls«, übersetzte Polyo. »Doch ihre Meinung hat keinen Einfluss auf unser Urteil. Auf Befehl des Königs hat Minister Echevar die Befugnis, über alle Anliegen, die vor diesen Hof gebracht werden, zu richten.«

Miki überlegte kurz. Seit sie mit Mesmeera zusammengetroffen war, ließ sie ein Gedanke nicht mehr los. Die Meeresweise verfügte über ein großes Wissen und hatte Miki sicher aus einem ganz bestimmten Grund hierhergeschickt. Langsam begann Miki zu verstehen, welcher das sein könnte.

»Das Herz des Meeres stammt aus dem Bahura-Riff. Es war euch als Zeichen der Freundschaft zwischen unseren Völkern geschenkt worden«, sagte Miki mit fester Stimme. »Es sollte euch in einer Notlage beschützen. Was für Wesen seid ihr, wenn ihr uns jetzt nicht auch helfen wollt? Wenn ihr einen Funken Ehrgefühl in euch tragt, dann gebt es uns zurück.«

Der Hofstaat brach in schockiertes Wiehern aus.

Minister Echevar schnalzte mit seiner langen Schwanzflosse und blitzte Miki an.

»Das kann nicht dein Ernst sein«, übersetzte Polyo überrascht.

»Doch«, antwortete Miki. »Für euch ist die Perle zu einem wunderschönen Schatz geworden. Doch für uns auf Awdi Salaca bedeutet sie viel mehr: Sie wird das Leben in unser Riff zurückbringen. Demütig bitte ich euch, die richtige Entscheidung zu treffen.«

Der Minister wieherte und wollte gerade antworten, als Fanfaren vor dem Eingang des Thronsaals ertönten. Polyo blies sich auf.

»Ihre Majestäten, König Treasure und Queen Edana«, quäkte er. »Gütige, ehrwürdige und weise Herrscher über Himmlische Tiefe und die sie umgebenden Meereswunder!«

Miki schnappte nach Luft, als zwei der schönsten Unterwasserpferde, die sie je gesehen hatte, in den Raum schwammen. Das Schuppenfell der Stute war von dem gleichen Korallenrot wie Corals, doch ihre Mähne war ausladender und wilder. Der Hinterleib der Königin endete nicht in einer Schwanzflosse, sondern in wunderschönen, schwingenden Ranken. König Treasure war kleiner als seine Gemahlin, er hatte einen roten Körper und auf seinem Kopf trug er ein spitzes Einhorn, das die gleiche Form hatte wie die hohen Schlosstürme von Himmlische Tiefe. Die kurze Mähne des Königs war leuchtend orange. Die Monarchen schwammen zu ihrem Thron in der Mitte des Saales.

Mit einer tiefen Verbeugung wich Minister Echevar ergeben zurück und reihte sich bei den Höflingen auf einer Seite des Thronsaales ein.

Königin Edana senkte ihren Kopf. In ihrer silberglänzenden Tiara funkelten Dutzende winziger Lunaperlen. Die Königin schickte blitzartige Bilder an die Anwesenden im Raum.

»Die Königin würde sich dieser Angelegenheit gerne annehmen, falls der König dagegen keine Einwände hat«, übersetzte Polyo.

König Treasure antwortete und der Papageifisch sagte laut »Ja, bitte, Liebste.«

»Du kommst aus Awdi Salaca?«, fragte die Königin Miki. Polyo übersetzte. »Die Königin wollte

schon immer eure Insel besuchen. Sie hörte, dass es das Kronjuwel der Equestrischen See sei.«

Miki bemerkte den Glimmeraal, der sich um das Vorderbein der Königin schlängelte. Der Glimmeraal piepste ihr freundlich zu und Miki lächelte ihn an.

»Spark, mein kleiner Freund hier, hat mir alles erzählt, obwohl ich vermute, dass er etwas voreingenommen ist«, erklärte Königin Edana. »Er ist ziemlich verzaubert von dir und Spark hat manchmal die Angewohnheit, zu übertreiben, wenn er von etwas begeistert ist.«

Miki blinzelte. »Guten Tag, Eure Hoheit.« Unbeholfen verbeugte sie sich. »Mein Name ist Miki.«

Königin Edana übermittelte noch mehr Bilder und Polyo sagte: »Die Königin hat erfahren, dass du das Herz des Meeres brauchst …«

Spark zischte etwas in Königin Edanas Ohren.

Die Königin nickte, bevor sie sich an den ganzen Hofstaat wandte.

»Wir sollten unseren Nachbarn helfen«, ließ sie über Polyo ausrichten. »Wir wollen doch alle nur das Beste für den Ozean und seine Geschöpfe, oder etwa nicht?« Die Königin starrte Minister

Echevar an, der für einen Augenblick so aussah, als wolle er widersprechen. Doch dann wich er zurück und verbeugte sich kleinlaut. »Ja«, übersetzte Polyo für Königin Edana, »das ist auch mein Anliegen.«

Coral wieherte sanft und Königin Edana sah sie an.

»Die Nichte der Königin, Lady Coral, hat eine Bitte vorgetragen«, übersetzte Polyo, »und die Königin garantiert ihr, dass sie die Übergabe des Herzens des Meeres in das Bahura-Riff begleiten darf. Dort wird sie dann auch ihre neue Heimat finden.«

Miki vergrub überglücklich ihr Gesicht in Corals Mähne, weil sie nicht wollte, dass das Königspaar oder der Rest des Hofstaates sahen, dass sie Freudentränen weinte.

KAPITEL 10

Coral traf die notwendigen Vorbereitungen für den langen Rückweg nach Awdi Salaca und wurde dabei vom Personal des Königspaares, Hunderten von Pferden und anderen Meereslebewesen unterstützt. Das Herz des Meeres würde nach Awdi Salaca gebracht werden, wo es im Riff seinen neuen Ehrenplatz erhalten würde.

Es würde noch einige Tage dauern, bis alles bereit war. So lange wohnte Miki in einem eigenen Zimmer im Schloss. In der ersten Nacht hatte Miki Mühe, einzuschlafen. Es war das erste Mal, seit sie in ihr Abenteuer aufgebrochen war, dass sie richtig Heimweh hatte. Das Bett aus weichem Seegras war sehr bequem, doch Miki vermisste ihre liebgewonnene Hängematte und die sanfte Meeresbrise, die immer durch die geöffneten Fenster ihres Elternhauses wehte.

Am nächsten Tag brachen Miki, Coral und Spark nach dem Mittagessen zu einem Ausflug auf, damit Coral Miki noch mehr von Himmlische Tiefe zeigen konnte.

Als der Abend hereinbrach, ritt Coral mit Miki in einen kleinen, sorgsam gepflegten Garten. Viele Arten hübscher Unterwasserpflanzen wuchsen entlang der Korallenkolonnaden und Bogengänge. Als Miki die Schönheit dieses einfachen Gartens bewunderte, schickte Coral ihr ein Bild, das sich vor ihrem inneren Auge entfaltete.

Miki hielt eine hübsche Muschel in der Hand – eine Art, die sich noch nie zuvor gesehen hatte. Coral stieß ganz aufgeregt Luftblasen aus und schüttelte ihren Kopf, damit Miki sich umdrehte.

In einer sandigen Ecke des Gartens fand Miki Muscheln, die sie an das Bild erinnerten, das Coral ihr geschickt hatte. Spark schnappte sich eine der Muscheln und brachte sie Miki. Coral trompetete und nickte zustimmend mit dem Kopf – sie wollte, dass Miki sie behielt.

»Danke, Coral.«

Mit Mikis Tauchermesser ließ sich die Muschel ganz leicht öffnen. Tränen traten Miki in die Augen, als sie sah, was in der Muschel verborgen war. Eine wunderschöne, perfekt geformte goldene Perle funkelte ihr entgegen.

Miki umarmte Coral und Spark. »Oh, vielen Dank«, sprudelte es aus ihr heraus. »Es ist das schönste Geschenk, das ich je bekommen habe!«

Am nächsten Morgen war der königliche Tross bereit zum Aufbruch für die lange Reise nach Awdi Salaca. König Treasure und Königin Edana führten den Zug an, gefolgt von Miki und Coral. Der Hofstaat und weitere königliche Pferde begleiteten sie. Das Herz des Meeres wurde in einer verzierten Muschelschale von vier großen Unterwasserpferden am Ende des Zuges getragen.

Mahina, die Hüterin der Perle, erklärte Miki, was sie zu beachten hatte. Das zierliche Unterwasserpferd nahm seine Arbeit sehr ernst. Es flitzte vor und zurück und ließ niemanden, nicht einmal die königliche Familie, näher als drei Meter an das Herz des Meeres heran.

»Mahina ist wirklich wunderschön«, sagte Miki zu Coral, »aber sie scheint etwas … na ja, etwas

zu klein zu sein für die Hüterin dieser riesigen Perle.«

Coral wieherte lachend und schüttelte vielsagend ihren Kopf.

Die Reise zurück nach Awdi Salaca dauerte länger als nach Himmlische Tiefe. Doch das störte Miki nicht, denn so konnte sie viel Zeit mit Coral verbringen. Sie nutzten jede Gelegenheit, um abseits des königlichen Trosses zusammen mit Spark den Ozean auf eigene Faust zu erkunden. Sie entdeckten eine dunkle Höhle, die mit funkelnden Kristallen ausgekleidet war, sie begegneten Pottwalen und einem wundervollen neugeborenen Walkalb, das Miki ganz verzauberte. Sie spielten Fangen mit einer Gruppe junger, ausgelassener Yulung-Drachen, die Miki irgendwie an Shad erinnerten, und hatten viel Spaß mit der Delfinfamilie, die ihnen schon auf dem Hinweg begegnet war.

Es dauerte fast eine Woche, bis die Reisegesellschaft das Bahura-Riff erreichte. Der Abend ihrer Ankunft war klar und die Monde leuchteten hell hinter ein paar wenigen Wolken hervor.

Polyo war nach Awdi Salaca vorgeschickt worden, um alles für das Königspaar aus Himmlische

Tiefe vorzubereiten. Miki konnte sich nicht vorstellen, wie die Insulaner darauf reagieren würden, eine königliche Botschaft von einem sprechenden Fisch zu erhalten!

Als Awdi Salaca schließlich in Sichtweite kam, war Miki überrascht, wie klein die Insel zu sein schien. Doch sie konnte es kaum abwarten, endlich nach Hause zu kommen.

KAPITEL 11

Als der königliche Tross das Riff passierte und sich dem Sonnenstrand näherte, sah Miki, dass sie von den Inselbewohnern bereits in ihren Kanus vor der Küste erwartet wurden.

Die Königsfamilie löste sich von ihren Begleitern, als sie in die Bucht kamen, und ließ ihre Gefolgsleute und die riesige Lunaperle im tieferen Wasser zurück. Die Inselältesten hießen den König und die Königin warmherzig willkommen und überreichten ihnen Geschenke und Blumengirlanden.

Miki kämpfte mit den Tränen, als sie ihre Familie winkend in einem Kanu sitzen sah. Coral trug sie schnell zu ihnen hinüber. Miki konnte nun ihre Tränen nicht mehr zurückhalten, als sie zu ihnen ins Kanu kletterte und von ihren Eltern und ihrem Bruder in einer innigen Umarmung gehalten wurde. Als Miki sich schließlich von ihnen löste, entdeckte sie Lealoni mit ihrer Familie in einem Boot in der Nähe. Sie winkte ihrer besten Freundin zu und erneut stiegen ihr Freudentränen in die Augen.

Schließlich war die Zeit gekommen, das Herz des Meeres zu übergeben.

König Treasure wieherte laut und befahl damit den vier Hengsten, die riesige Muschel herbeizubringen. Die Unterwasserpferde jagten durchs Wasser und zogen die Muschel hinter sich her. Die kleine Mahina saß auf einer Ecke der verzierten Schale.

Miki jubelte mit allen Inselbewohnern um die Wette, als die Muschel neben dem Riff in Position gebracht wurde. Sie alle hofften, dass die magische Perle sie retten und das Riff wieder zum Leuchten bringen würde.

Auf ein Zeichen des Königs hüpfte Mahina von der Muschel und löste die Spannseile. Mit einem gewaltigen Gurgeln versank die Muschel im Meer.

»Seht nur!«, schrie Lealoni plötzlich. »Da drüben! Das Ungeheuer!«

Der Jubel der Insulaner ging in panische Schreie über, als sich ein dicker, mit Saugknöpfen übersäter Tentakel aus dem Wasser erhob und auf die Muschel klatschte. Sofort wurde die Königsfamilie von ihren Beschützern in Sicherheit gebracht.

»Das ist Uloo«, flüsterte Miki entsetzt und versuchte ihre Angst zu unterdrücken. Entschlossen sprang sie aus dem Kanu auf Corals Rücken. »Wir müssen die Perle schützen«, sagte sie. »Los!«

Coral wieherte laut und tauchte unter. Sie raste mit Miki auf den grässlichen Kraken zu. Spark flitzte zu ihnen und seine Schuppen blitzten vor Aufregung. Zu dritt schwammen sie zu der wertvollen Muschel, die auf einem gigantischen Korallenpodest über dem Riff thronte. Vor der Muschel wartete bereits Mahina – bereit, die Tentakel des Kraken abzuwehren.

Als Miki, Coral und Spark sich der Perlenhüterin näherten, weiteten sich die Augen des kleinen Pferdes in Alarmbereitschaft. Mahina stieß einen trompetenähnlichen Laut aus, um die drei aufzuhalten.

»Aber wir wollen dir doch helfen!«, schrie Miki. »Und ich will meine Insel schützen!«

Mahina wich einem von Uloos Tentakeln aus und schlug dem Kraken mit ihrer Schwanzflosse Sand in die Augen. Das Ungeheuer wand sich unter Schmerzen. Das kleine Unterwasserpferd nutzte den Augenblick, schoss zu Miki hinüber und blickte ihr direkt in die Augen.

Miki war erstaunt, dass sich ihre Gedanken unter Mahinas glänzendem Blick wie ein Buch zu öffnen schienen. Mahina konnte mühelos Mikis Gedanken lesen.

Mesmeera hatte gesagt, dass Miki an sich selbst glauben und absolut ehrlich sein müsse, um Mahinas Vertrauen gewinnen zu können. Deshalb öffnete sie sich und gewährte der Perlenhüterin Zugang zu allem, was sie gerade dachte. Ein Kribbeln breitete sich über ihren ganzen Kopf aus.

Miki war stolz, als Mahina lesen konnte, wie sie Lealoni vor Uloo gerettet hatte, wie sie sich mit Coral und Spark angefreundet hatte, Mesmeera getroffen und Minister Echevar gegenübergestanden hatte. Doch dann wurde sie verlegen, weil Mahina auch entdeckte, dass sie ihre Eltern hintergangen hatte, als sie unerlaubt nach Muscheln am Schicksalseck getaucht war und Lealoni am Strand angemault hatte.

Schließlich drang Mahina noch tiefer in Mikis Herz ein. Sie erkannte Mikis wahre Gefühle für Coral, ihre unendliche Liebe zu Awdi Salaca und ihren aufrichtigen Wunsch, die Insel, die sie liebte, zu schützen.

Mahina konzentrierte sich wieder auf Uloo, der mit seinen Tentakeln einen neuen Angriff startete. Als Mahina dem Griff des Kraken auswich, schickte sie Miki ein letztes Bild – eine Szene wie Miki, Coral und Spark die Muschel öffneten, während Mahina den Kraken bekämpfte.

Miki nickte und Coral verlor keine Zeit, sondern trug ihre Freundin eilig hinüber zu dem Korallenfels, auf dem die Muschel lag. Miki hielt den Atem an und stieg ab. Sie fragte sich, wie sie eine so große Muschel knacken sollte. Ihr kleines Tauchermesser schien dafür nicht geeignet zu sein.

Miki spürte, wie die riesige Perle in der Muschel pulsierte, und plötzlich hatte sie eine Idee! Das Herz des Meeres war auch ein *Lebewesen*.

Statt die Muschel mit einem Messer aufzubre-

chen, dachte Miki, sollte ich besser mit dem Herzen des Meeres sprechen.

»Kannst du mich hören?«, fragte sie die Muschel und kam sich etwas albern vor, als sie sanft an die Schale klopfte. »Mein Name ist Miki Vann und wir brauchen deine Hilfe!« Atemlos wartete sie auf eine Antwort, doch sie hatte das starke Gefühl, dass Reden der einzige Weg war, die Muschel für sich zu gewinnen.

Bevor sie noch mehr sagen konnte, wurde das Wasser plötzlich aufgewühlt. Miki blickte besorgt auf. Uloo näherte sich der Muschel und streckte zwei Fangarme nach ihr aus. Miki stieß einen kleinen Schrei aus und duckte sich weg. Coral und Spark tauchten tief ins Wasser, um dem Angriff zu entgehen.

In diesem Moment warf sich Mahina zwischen Uloo und die Muschel. Gerade als der Krake nach dem kleinen Pferd schnappen wollte, leuchtete Mahina plötzlich in einem flirrenden Funkeln auf – und begann sich zu vermehren! Innerhalb von Sekunden waren zehn wilde kleine Mahinas zur Stelle, die das Herz des Meeres beschützten! Alle Mahinas schlugen mit ihren Vorderbeinen nach Uloo aus und gemeinsam trieben sie das Ungeheuer zurück.

Uloo stieß einen seltsam kreischenden Ruf aus, der unter Wasser ein Echo auslöste und in Mikis Ohren schmerzte. Eine Sekunde später erschienen zwei große, böse dreinblickende Zitterhaie, die durch das Wasser auf Coral und Miki zuschossen.

Die Mahinas waren zu sehr damit beschäftigt, Uloo zu bekämpfen, und konnten ihnen nicht helfen. Mit einem mutigen Wiehern stieg Coral mit den Vorderhufen vor den Haien und boxte sie zurück. Spark schlängelte sich zwischen die Raubfische und verwirrte sie mit den zuckenden Blitzen, die von seinem Körper ausgingen.

Miki kniete sich auf die Muschel. Brennend zogen sich ihre Lungen zusammen. Langsam ging ihr die Luft aus. So lange war sie noch nie unter Wasser gewesen ohne Corals Hilfe. Sie musste die Muschel jetzt unbedingt öffnen!

»Bitte«, bat sie das Herz des Meeres, »ich bin von der Insel Awdi Salaca. Wir haben dich ins Bahura-Riff zurückgebracht, weil wir deinen Schutz vor diesen schrecklichen Ungeheuern hier bei uns brauchen. Du bist die Einzige, die uns helfen kann. Ich bitte dich, du Mächtige, öffne deine Schale und teile dein Licht mit uns.«

Miki fühlte, wie es in der Muschel ruckte, doch sie öffnete sich nicht.

»Bitte«, versuchte sie es noch einmal und verzweifelte, weil ihr so langsam schwindelig wurde. Sie wusste auch, dass Coral, Spark und Mahina die Ungeheuer nicht länger zurückhalten konnten. »Bitte öffne deine Schale und zeige dein glänzendes Licht. Ich verspreche … ich verspreche …«

Doch was konnte Miki schon versprechen?

Plötzlich wusste sie es.

»Ich verspreche«, sagte Miki fest, »dass die Insulaner von Awdi Salaca Lunaperlen nur dann sammeln … wenn du damit einverstanden bist. Wir werden die Muscheln respektieren, wir werden das Riff und alle Lebewesen des Meeres respektieren, wie wir uns selbst respektieren. Das schwöre ich dir, Herz des Meeres.«

Die Muschel rumpelte unter ihren Füßen und begann sich langsam zu öffnen. Vorsichtige Strahlen ihres hellen Lichts drangen hervor. Als die Muschel sich weiter öffnete, wurde ihr Leuchten kräftiger, bis ein gleißend silberner Strahlenkranz das ganze Riff erleuchtete.

Miki hielt ihre Hände schützend vor ihre Augen und wandte sich von dem magischen Licht der Perle ab. Das Meer funkelte in allen Regenbogenfarben. Als Miki die Hände von den Augen herunternahm, sah sie, wie die Zitterhaie von Spark und Coral abließen und flüchteten. Coral schnaubte voller Missachtung und sah den davonziehenden Haien nach.

Uloo stieß ein lautes Krächzen aus. Das gleißende Licht drohte ihn zu verbrennen. In einem letzten Angriff drängte er sich an den kämpfenden Mahinas vorbei, schoss auf die geöffnete Muschel zu und erhob seinen mächtigen Körper.

Miki ahnte, was Uloo vorhatte. Sie hielt das letzte bisschen Luft an, das in ihr steckte, und tauchte in die Muschel hinein. Sie schloss ihre Augen, um nicht geblendet zu werden, und warf sich schützend über die magische Perle.

Der Krake stieß eine Wolke dicker schwarzer Tinte aus. So wollte er das magische Licht verlöschen lassen. Doch die Tinte traf nur Mikis Rücken. Als die Tinte sich verflüchtigt hatte, schwamm Miki schnell wieder aus der Muschel. Die ganze Strahlkraft des Herzens des Meeres traf nun Uloo, bis der grässliche Krake endlich zurückwich. Krächzend stahl er sich in die schwarze Finsternis der Tiefen des Ozeans davon.

KAPITEL 12

Coral schwamm zu Miki hinüber, die sich erleichtert auf den Rücken ihrer Freundin schwang. Der brennende Schmerz in Mikis Lungen ließ augenblicklich nach. Miki musste ununterbrochen lächeln, denn sie wusste, dass jetzt ein neues Leben für das Bahura-Riff anbrach.

Mahina vergewisserte sich, dass das Herz des Meeres sicher auf dem Korallenpodest saß, seinem neuen Ehrenplatz. Das Licht der großen Lunaperle wärmte das Riff bereits und die ersten kleinen Meeresbewohner wagten sich aus ihren Verstecken. Es würde lange dauern, bis sich das Riff wieder ganz erholt hatte, doch zumindest würde es von niemandem mehr bedroht oder gar zerstört werden.

Auf Corals Rücken sitzend verbeugte sich Miki vor dem Herzen des Meeres. »Danke, du Mächtige«, sagte sie zu der Perle. »Deine Großzügigkeit wird auf ewig in unseren Legenden weiterleben und wir werden unser Versprechen halten, solange du unsere Bucht vor Schaden bewahrst.«

Dann trug Coral Miki an die Wasseroberfläche. Sie wurden von dem begeisterten Applaus und den Jubelrufen der Inselbewohner empfangen.

Miki winkte schüchtern und war von der ganzen Aufmerksamkeit, die ihnen zuteil wurde, überwältigt. Sie wünschte sich nichts sehnlicher, als in die warme Umarmung ihrer Familie und Freunde zurückzukehren, doch bevor Miki die ausgelassene Feier genießen konnte, wollte sie noch eine ganz bestimmte Person besuchen.

»Coral«, flüsterte sie ihrer Freundin ins Ohr, »bitte bring mich zu Mesmeera.«

Die Alte wartete bereits am Ende ihres wackeligen Stegs auf Miki.

»Wir haben es geschafft!«, schrie Miki und sprang auf die wackeligen Bretter. Coral trompetete aufgeregt und Spark sprang vor Freude in die Luft.

»Natürlich habt ihr es geschafft«, antwortete Mesmeera. »Ich habe nie an euch gezweifelt. Obwohl ich nicht erwartet hätte, dass du mit Krakentinte besudelt zurückkehrst! Aber keine Angst, die Farbe wird vom Salzwasser nach ein paar Tagen abgewaschen.«

Miki lachte und umarmte die alte Frau. »Die Inselältesten wissen jetzt, dass du recht hattest«, erzählte sie Mesmeera. »Du kannst mich besuchen kommen und musst dich nicht mehr auf deiner Insel verstecken.«

Mesmeera zog eine Augenbraue hoch. »Ich mag meine Insel«, antwortete sie.

»Das weiß ich«, sagte Miki und kicherte. »Nun, dann werden Coral und ich eben *dich* besuchen kommen. Und das ganz oft.«

Spark schlug mit seiner glitzernden Schwanzflosse auf das Wasser.

»Oh, und Spark natürlich auch«, fügte Miki hinzu. »Solange du ihn mit Trauben fütterst.«

Mesmeera lachte. »Du gehst jetzt am besten zurück zu deiner Familie. Ich weiß, dass sie dich sehr vermisst haben.«

»In Ordnung«, antwortete Miki, »doch bevor

ich gehe, möchte ich dir unbedingt noch etwas zeigen.« Sie löste schnell ihr Säckchen von dem Gürtel an ihrer Taille und zog die kleine goldene Perle heraus, die sie von Coral bekommen hatte.

Mesmeera blieb vor Staunen der Mund offen stehen. »Das ist ein wahrhaft königliches Geschenk«, sagte sie.

»Ich weiß«, antwortete Miki strahlend. »Ist sie nicht wundervoll?«

Mesmeera sah sich die Perle genauer an. »Darf ich?«, fragte sie. Als Miki nickte, nahm Mesmeera die Perle und hielt sie vorsichtig in der Hand. »Das ist mehr als eine seltene goldene Perle … viel mehr.«

»Was ist es?«, fragte Miki und betrachtete das Geschenk verwundert.

»Das ist der Tropfen einer goldenen Essenz«, antwortete Mesmeera und ihre Stimme wurde zu einem ehrfurchtsvollen Flüstern. »Die Energie, die in dieser einzelnen Perle steckt, kann zu neuem Leben verhelfen, nicht wahr, Coral?«

Coral nickte ernst und ihre Augen leuchteten.

Ein Bild des Bahura-Riffs, das in voller Blüte stand, tauchte in Mikis Gedanken auf. Mit der goldenen Perle konnte Miki das Riff also heute schon heilen! Ihre Mission war noch nicht erfüllt.

Nachdem sie sich von Mesmeera verabschiedet hatte, eilten Miki, Coral und Spark schnell nach Awdi Salaca zurück. Sobald sie sich der Küste und dem Sonnenstrand näherten, wurde Miki von den Insulanern umschwärmt.

»Ich muss noch eine Sache erledigen!«, rief sie über den Lärm der Jubelrufe hinweg. »Kommt mit, alle miteinander, mir nach!« Als Miki das äußere Ende des Strandes erreichte, stieg sie den steilen Pfad zum Silberfelsen hinauf und alle Insulaner kletterten ihr hinterher. Lealoni stürmte auf Miki zu und nahm ihre Freundin an der Hand, die sie dankbar drückte. Schließlich erreichte Miki den Felsvorsprung, der fast 20 Meter über den aquamarinblauen Ozean hinausragte. Tief unten konnte sie Coral in den Wellen schwimmen sehen und neben ihr waren Königin Edana, König Treasure und Mahina. Hinter ihnen leuchtete das Bahura-Riff unter dem schützenden Licht des Herzens des Meeres.

Als alle Insulaner auf dem Silberfelsen angekommen waren, zog Miki Corals Geschenk aus ih-

KAPITEL 9

Minister Echevar machte eine lange Pause und fuhr dann mit seiner Schwanzflosse durchs Wasser, bevor er antwortete.

»Das ist wirklich tragisch«, übersetzte Polyo. »Aber ihm hatte man berichtet, dass die Inselbewohner selbst Schuld daran haben. Sie haben bei ihren Tauchgängen zu viele Perlen aus dem Meer geholt, und jetzt, wo das schützende Licht erloschen ist, kommt ihr hierher und bittet um Hilfe.« Die Stimme des Herolds klang ernst. »Wie kann eure Achtlosigkeit unsere Sorge sein? Was denkst du denn, was wir tun könnten?«

Miki fühlte die Blicke aller Anwesenden auf sich gerichtet. Coral stupste mit ihrer Nase an Mikis Arm, damit sie fortfuhr.

»Eine alte Weise namens Mesmeera hat mir erzählt, dass ihr eine riesige Perle besitzt, die unser Riff schützen könnte, bis es sich wieder erholt hat«, sagte Miki zu Minister Echevar.

Überrascht richtete sich Minister Echevar auf und stieß ein lautes Wiehern aus. Er jagte einen sich überschlagenden Bilderschwall durch den ganzen Thronsaal.

Polyo schwamm wild im Kreis, bevor er übersetzte. »Sie meint das Herz des Meeres!«, rief er aus. »Liebes Mädchen, das Herz des Meeres ist ein heiliger Gegenstand. *Das* werden wir auf keinen Fall hergeben!«

»Bitte«, bettelte Miki. »Ihr müsst uns helfen!«

Empört schnaubte Minister Echevar erneut Luftblasen aus und wandte sich schroff von Miki ab.

»Müssen?«, übersetzte der Papageifisch. »Kind, wir haben dich höflich empfangen, weil du mit Lady Coral diesen Thronsaal betreten hast, doch wir unterliegen keinerlei Verpflichtung, dir zu helfen.«

Miki ballte ihre Hände zu Fäusten. Sie war verzweifelt und wütend zugleich. »*Unsere* Inselperlen rem Hüftbeutelchen. Die goldene Perle glitzerte warm in ihrer Hand.

Miki schloss für einen Moment die Augen und hoffte, dass dieses Geschenk die Feuerspups sofort zurück zum Riff bringen würde, um Awdi Salaca zu neuem Leben zu verhelfen.

»Dieses Geschenk mache ich meinem Volk«, rief Miki mit fester Stimme in den Wind, »damit wir auf ewig in Harmonie mit dem Ozean leben.« Sie hielt die Perle hoch über ihrem Kopf.

Die Perle zerbrach. Dicke Tropfen ihrer heilenden Substanz fielen auf Mikis Hand und das magische, flüssige Gold strömte zwischen ihre Finger.

»Danke, Coral«, flüsterte sie ihrer Freundin zu. Dann sprang sie ins Meer.

Bella Sara™

Willkommen in der Welt von Bella Sara!
Erlebe die wunderbare erste Begegnung des Mädchens Sara mit ihrer Freundin, dem Pferd Bella, und entdecke den Zauber der magischen Pferde und ihrer Gefährten im Land des Hohen Nordens.

Entdecke meine Welt
978-3-570-17000-7

Mein magisches Freundschaftsbuch
ISBN 978-3-570-17007-6

Mein zauberhaftes Mal- und Rätselbuch
ISBN 978-3-570-17008-3

Mein zauberhaftes Spiel- und Activity-Buch
ISBN 978-3-570-17012-0

Mein zauberhaftes Sticker- und Activity-Buch
ISBN 978-3-570-17009-0

Zauberhafte Freunde – Ein Abenteuer-Spielebuch
ISBN 978-3-570-17010-6

www.bellasara.com

50 001/6

cbj AVANTI